Re:從零
Re: Life in a different world from zero
開始的異世界生活

「來吧，結束的開始——上囉!!」

「——請你們相信我。
雖然我一路至今做了很多蠢事，
但現在的我是再認真不過。
我是真心決定這麼做的，
所以還請大家幫助我。」

「菲魯特，這邊就乖乖照著他說的做吧……」
「吵死了——！我是絕對不會穿什麼禮服的！……羅姆爺，你出賣我嗎!?」

「抱歉啦，菲魯特。可是，老朽也很想看看妳穿禮服的樣子嘛……」
「您喜歡什麼顏色呢？菲魯特大人果然比較適合明亮的顏色……」
「聽人說話啊！聽完然後去死！你們這些王八蛋！」
《封面後續》

Re: Life in a different world from zero

The only ability I got in a different world "Returns by Death"
I die again and again to save her.

CONTENTS

Re:從零開始的異世界生活 8

長月達平

青文文庫

封面・內彩、內文插畫●大塚真一郎

第一章　『怠惰一閃』

1

——標榜連猴子都能懂的獵殺魔女教作戰會議，由菜月・昴帶頭主持。

地點在魯法斯平原，時間是黎明之前，與會者是約五十人的戰士和傭兵。站在他們圍成的圓圈正中央，受到注目的昴心境可不平穩。

身經百戰的老兵和氣質嚴肅的獸人傭兵，就如同字面上的意義，他們生存的世界跟自己可說是完全不同。要不是現在這種狀況，自己跟他們應該一輩子都不會有交集。然而這些跟自己八竿子打不著的人們，全都以昴為中心坐成一圈。

好不容易立於可以指揮他們的立場，內心卻吹起不安與懦弱之風，但是也湧出不輸負面情感的強烈熱情與戰意。

「這也難怪啦……」

眼前的光景，是每次利用「死亡回歸」拼死想要卻始終得不到的東西。

昴那小不拉嘰的覺悟與自尊心，不斷喊痛強迫自己意識到這點。

為了不再背叛引導自己到這裡的諸多人事物，所以昴比任何人都還要強烈警惕自己。

「——————」

「昴，怎麼突然不出聲了？」

有人朝拳抵胸膛、自我警惕的昴的側臉叫喚。他是在這個團體裡也格外醒目，身穿近衛騎士隊白色制服的美男子——由里烏斯・尤克歷烏斯。

「我是認為你不至於事到如今才覺得膽怯……不過事態緊急，說沒時間猶豫的不就是你嗎？」

「知～道啦。不要用那麼討人厭的說法。現在這時候開口第一句話很重要，所以我才稍微停一下。」

「那根本是無意義的顧慮。你面對很多人的時候言行舉止就會出問題，早就是眾所皆知的事。用不著想那麼多，自然面對就好。」

「你・這・個・人……！」

「嘎哈哈！由里烏斯也真敢說咧！唉呀，小哥都沒台階下咧！」

「咕嗚……！」

最慘痛的黑歷史被拿來舉證，讓昴額冒青筋。不過，兩人的互動被率領獸人傭兵團「鐵之牙」的里卡德嘲笑後，討伐隊的騎士們個個也都面露同情。看樣子昴在王城丟人現眼的事蹟，比想像中還要廣為人知。

「萬萬沒想到我這麼丟臉……！」
「好啦好～啦，羞愧就到這邊！為了抹去那恥辱而努力不懈喵，是現在的昴啾的任務吧～。」
由里烏斯也是，人家懂你想激勵他的心情，不過考慮一下方式吧喵。」
「你似乎有所誤會，菲莉絲。我沒那個意思。誠然，若就結果而言他變得比較敢講話，也是好事一件吧。」
「個性很拐彎抹角耶你……」
聽了由里烏斯不乾脆的回覆，菲莉絲嘆氣，表情像是打從心底感到麻煩透頂。
看到他的反應，昴這才終於明白由里烏斯說那番話的用意。只不過明白歸明白，感想跟菲莉絲相同就是了。
「——能夠好好相處是好事，但是，現下該優先討論對付魔女教的策略吧。我想差不多該進入主題了。」
把越離越遠的話題拉回來的，是姿態維持鋒利的威爾海姆。
他是昴在這個團隊中，在心情和戰力上都最被期待的劍鬼。殺掉長年的宿敵白鯨後，還助協同抗敵的昴一臂之力的忠義之人。
除了他們這些白鯨討伐隊的倖存主力，還有「鐵之牙」的增援——總人數約五十名的人們，就是對抗魔女教的「對魔女聯軍」總兵力。
「嗯，總而言之，一方面是威爾海姆先生的要求，所以就抓緊時間進入主題吧。本講座的主題是『連猴子都能懂的獵殺魔女教戰術』……內容本身很簡單。畢竟不管做什麼，越單純的方法效果就越大。」

「有道理。那麼，策略是？」

「講白點就是——先發制人，一口氣拿下敵方首領的人頭，連帶獲得勝利。」

「————」

昴的結論，讓聯軍每個人都微吃一驚。

他的話簡單來說就是大膽無畏。而這邊說的敵方首領，除了率領魔女教的大罪司教之外不作他人想。

「確實是很單純咧。事實上如果成功的話，可以對魔女教造成前所未有的打擊唄。」

在近似動搖的竊竊私語蔓延開來時，第一個發出佩服之聲的人是里卡德。有著巨大身軀的犬人族露齒一笑，邊用手指摸著自己的銳利犬齒邊說：

「可是咧，那要成功才有效。吹牛皮誰都會，事情真有可能照小哥的如意算盤走唄？」

里卡德雖然最早表示能理解，卻也不忘嚴厲叮嚀。不過，面對他的追問，昴用力拍自己的胸膛。

「當然，我有對策。我並沒有魯莽到沒準備鉤鉤就去挑戰白鯨，這點可以佐證吧？」

「這點偶信任你。既然如此，就快點讓大家聽聽你的根據唄。」

看昴自信滿滿的樣子，里卡德敲擊牙齒催促他說下去。他周圍的同伴也跟他持相同意見，全都對昂的建議寄予期待。

「好，那我按照順序說明。首先，魔女教正在逼近愛蜜莉雅所在的梅札斯領地，這點從諸多背景狀況都可以確定，OK嗎？」

「那是一切的先決條件，大家都同意。其實，是可以預料到梅札斯領地將會發生與魔女教有關的異常事態。加上白鯨出現這件事，是沒法用偶然來解釋的。」

「魔女教操縱白鯨，用『霧』來封鎖街道，孤立梅札斯領地好發動攻擊……就是這樣喵？魔女教好像也是來真的。唉，以那些傢伙的教義來說也是理所當然咩。」

昂向大家確認，由里烏斯和菲莉絲補充說明。

雖然魔女教的全貌還不明朗，但這些狂信教徒不透明的活動裡頭，都有著對半妖精的惡意。這次襲擊梅札斯領地也不例外，原因出在他們知道了表明參與王選的愛蜜莉雅的出身吧。

無差別施暴的結果，就是屠殺村民。昂覺得他們真是不可理喻。

「魔女教那些傢伙的目的，是愛蜜莉雅的性命。可是，他們可沒慈悲到不對旁人出手，而且不分對象，連女人和小孩都下得了手。」

「這點毋庸置疑。他們的所作所為可說是人神共憤。」

由里烏斯肯定昂的憤怒，眼中宿著義憤填膺。魔女教的惡行在這世界是常識的一部份，由此可見一斑。

「我想救愛蜜莉雅和宅邸裡的人，當然還想救所有的村民。所以說我曾想過就直接讓大軍開進梅札斯領地，然後固守在宅邸裡作戰……」

「以神出鬼沒的魔女教為對手，打對戰時日不明的守城戰是下下策吧。」

「所以才放棄此案。」

守城戰的關鍵在於能否靠守備來獲得勝利，但對沒有增援的昴他們來說，是不該採行的手段。

而且以現在的戰力來進行防衛戰，這樣的愚行根本就是捨棄昴擁有的唯一強項。

以「死亡回歸」得到的情報，在事態發展大幅改變的情況下，有可能在瞬間就變得毫無價值。若是武裝份子大舉佔據宅邸，就算是貝特魯吉烏斯也會重擬方針吧。這麼一來他就有可能改變攻擊方法，或是中止攻擊。

因此，如果要將昴以「死亡回歸」所得到的優勢發揮到最大限度的話——

「——在我方的行動被藏在森林裡的魔女教發現之前搶先進攻。善用先發制人的機會的話，有可能直接一舉擊潰他們。」

「昴啾的幹勁人家很欣賞，但是要如何找出躲在森林裡的魔女教呢？他們可是這四百年來橫行世界、無人可掌握其把柄的集團喲喵？用普通的方法行不通的吧。」

「哦——關於這點……很簡單，跟釣白鯨的方法一樣。」

「喵……？」

昴的說明突然變得隨便，菲莉絲不禁把圓眼睛睜得更圓。

「吸引白鯨時不是用上我的氣味嗎？跟那一樣，對魔女教也有用。」

「——」

「唉呀～體質這東西真可怕，真的叫人很傷腦筋呢，哈哈。」

「——」

「哈哈哈……」

沉默不語的空間裡就只有昴的乾笑聲響盪，無地自容的氣氛支配草原。

自信滿滿說出的根據，讓大家面露不知該如何反應的表情。

可是，昴對自身能夠吸引魔獸和魔女教徒的體質無法提供解答，更沒法向大家好好說明。他只知道自己就是有這種體質，而且可以用在這次的作戰上。

有朝一日這種體質的原因會明朗化，屆時就算知道是出自於不祥之物，但現在就是必須仰賴這點方能做出最佳方案，所以說——

「我知道剛剛說的話很沒說服力。」

環顧默不作聲的騎士和獸人，昴順從內心所想朝他們喊話。

「這種莫名其妙的事叫人怎麼相信，所以各位會有這種反應也是再正常不過。可是——」

「昴殿下。」

「——請你們相信我。雖然我一路至今做了很多蠢事，但現在的我是再認真不過。我是真心決定這麼做的，所以還請大家幫助我。」

之前昴幾度拒絕、糟蹋身邊的人朝自己伸出的援手。像現在這樣堅持己見、頭一次正面面對真正的難關時，這才察覺了這一點。

面對必須達成的目標，自己是多麼無力又無知，一個人根本無計可施，非得要有人或是大家的幫助。

「我只有一個腦袋可以低頭。但是，不嫌棄的話我願意低頭請求無數次。所以拜託各位，請助我一臂之力。」

「────」

昴當場低頭，朝著大家懇求。

周圍的人都用沉默回答他的行為，平原上只有風吹過的聲音。就這樣安靜數秒後，第一個出嘴的是「鐵之牙」的副團長、幼貓人堤比。

他邊喬正單邊眼鏡的位置，邊用可愛的臉蛋直盯著昴看。

「你說的我了解了。可是，無憑無據就要我們相信……呀啊!?」

「在擔心什麼啦～堤比你喔！」

想要嚴厲逼問的堤比，發言卻被身旁的姊姊咪咪給一掌打斷。站在背部被猛烈拍擊、痛到發抖的弟弟旁邊，姊姊天真爛漫地笑說：

「這個哥─哥可是那把條大魚給幹掉的人！他很努力喲！這麼努力的人怎麼可能會欺騙咪咪和大家呢。放心唄──！」

「姊、姊姊請妳安靜！現在在講重要的事……」

「你每─次都這樣刷聰……嗯？刷聰明？耍聰明？刷耍刷耍……？」

「耍、耍小聰明？」

「對─就是那個！你就是一直這樣才會長不大啦─！」

譴責淚眼汪汪的弟弟後，咪咪就站到膽怯的堤比面前，指著昴說：

「堤比沒跟剛剛那條大魚作戰啦─。所以說，可能不相信這個哥─哥；但這樣的話，相信姊姊就對了─！」

「───」

「因為姊姊相信哥─哥，所以堤比相信姊姊就像是順便相信哥─哥囉？就算有發生什麼萬一，姊姊也會保護堤比的─」

說完，咪咪自信滿滿地挺起胸膛。她的話一開始讓堤比很吃驚，但表情馬上改為傻眼和虛脫。看到他們姊弟的互動，周遭的人都忍不住笑出來。

在意想不到的笑聲中，咪咪覺得很不可思議而歪著頭問：

「怎～麼了嗎？」

「哦哦，免在意。反正，妳就繼續維持這樣。說得粉好喔。」

寬大的手掌用像要扭掉頭的力道撫摸咪咪的頭，里卡德瞇起眼睛。

「在意的點粉多啦，不過咧，都到這來了還懷疑小哥你就不對了唄。那階段早就過咧。」

「───」

這番話出乎昴的意料，因此他目瞪口呆。接著，彷彿追隨里卡德的話，威爾海姆站到昴面前。

「昴殿下，男兒不可輕易低頭。更何況，拜託人的時候不看對方的臉就太荒謬了。───抬起頭，自己去察覺吧。」

肅穆地說完，劍鬼以下巴示意昴看看周圍。昴乖乖照做，環視圍繞自己的人們，這才察覺到：投注在自己身上的視線裡頭的感情並沒有改變過。

是打從這場會議開始之後，就未曾動搖變化過的信賴───

「……是說啊，自己一個人在那邊緊張兮兮的很叫人傷腦筋耶。這裡又沒有人懷疑昴啾說的話是騙人的。」

一臉掃興的菲莉絲邊用手梳理頭髮邊這麼說。

而他說的話就是全體的意見，證據就是無人出聲否認。連由里烏斯看昴的視線都維持一貫的優雅，點頭表示贊同。

「而且，白鯨一役的關鍵是昴啾的誘餌作戰，還有庫珥修大人為此賭上一把的判斷……也就是說，懷疑昴啾就是懷疑庫珥修大人。那種事菲莉醬做不來啦～喵。」

「真像菲莉絲會說的話，但主要就是昴殿下的行動贏取了信賴。這點，參與那場戰鬥的人皆有目共睹。」

「等、等一下，威廉爺!?」

「當然，我也一樣。」

菲莉絲慌張到破音，但劍鬼不跟他爭辯，僅是朝昴用力頷首。

在他的處理和貼心下，昴發現自己白擔心了，臉頰不禁發熱。

「我，實在是……都不懂得看周遭的空氣呢。」

「空氣不是用看的，是用吸的吧？」

「吵死了！我知道啦！不會看的傢伙就別一直挑語病啦！」

由里烏斯指正，結果昴粗聲回應，然後強行揮別心中難以平息的感情。

又丟了不必要的臉，不過代價並不差。

「那是昴殿下成就的結果所產生的信賴。」

雖然昴不能闡明根據為何，但他的功績已獲得了他們的信任。

就像雷姆無條件相信昴一樣，現在的他們僅是對昴的話感到困惑，卻沒有質疑其真意。

對重複「死亡回歸」的昴來說，正確地與他人共享過去世界情報的方法──如今確實在眼前實現了。

2

「我、我沒在哭喔！只是覺得之前的辛勞和懊悔好像有了回報，才會不小心從眼睛流出含有蛋白質的鹼性水而已！不要誤會了喔！」

——像這樣，昴在最後隱藏害臊一事又是後話。但不管怎樣，帶過內心的複雜情感後，他抬起頭進入正題。

「總而言之，既然大家相信我，那就簡單了。如我所說，可以吸引魔女教和魔獸的體味是我的賣點，就用這個來引誘魔女教上鉤。」

「然後，把上鉤的魔女教徒全都一網打盡嗎？沒有淪為紙上談兵的話確實是妙招，但實際的勝算有多少？」

「勝算？」

「就是他們察覺到你的存在而真的現身的可能性。」

在這之前未曾對戰術可行度插嘴的由里烏斯，頭一次道出疑問。

——對參與白鯨戰役的討伐隊成員來說，已經不需說明昴的誘餌體質。

但是，以援軍身份加入的由里烏斯那一隊並沒有親眼目睹其效力，可是他們也是要豁出性命與魔女教一戰，所以想要確認昴的誘餌力也是正常的。

「戰術的性質可沒有模糊地帶。所以？」

「他們會被我引出來的可能性是百分之百，一定會上鉤的。」

「好大的自信。」

「很大喔。因為那些傢伙就是那樣子，而我就是這樣的存在。」

昴朝由里烏斯丟出不算說明的說明、不成根據的根據。

論自信自己比任何人都高。透過「死亡回歸」了解到的特性，是絕對不會改變的事實，而這也是自己唯一且絕對的優勢。

「你……說你以前遇過魔女教。」

「沒錯，還留下差到爆的回憶。我不想再讓同樣的事發生了。」

嚴格來說，那段「相遇」是發生在未來。

只要昴的行動不產生變化，就必定會實現的最悲慘未來──為了否定那樣的未來，就要粉碎命運。為此，自己現在才會在這裡。

「──原來如此，了解了。利用你個人引誘他們出來啊。」

「……沒想到你這麼爽快就接受了。」

「原本就不打算反對你的方針，只是想看看主導此次危險作戰的你是否有相對應的覺悟。畢竟要是你畏畏縮縮的話就要立個代理人了。」

「就說了，到了這地步，可不容我膽怯。」

聽了性格惡劣的由里烏斯想確認的事後，昴鼻子噴氣並驅散微弱的不安。要是摻雜膽怯的話就中他的意了，加強意識這點後，昴挺直脊梁。

「我敢斷言，魔女教一定會出現在我面前，連大罪司教也不例外。當他們出來時就來個甕中捉鰲，這個作戰的流程就是這麼簡單。」

「聽起來是很簡單。……不過昴啾還真喜歡把自己拿來當誘餌耶。不管是這次還是打白鯨的時候。」

「別講得像是我每次都用這招來突破關卡啦。只是上次和這次的狀況偶然是這樣而已，又不是每次都……」

最早在贓物庫的戰鬥是挑釁艾爾莎，接著在魔獸森林充當吸引沃爾加姆的捕蚊燈，之後是在白鯨戰擔任釣餌，緊接著面對魔女教就擬定出穩當的誘餌作戰——

「唉呀!?真的每次都在當誘餌耶!?」

「也就是說，你實戰經驗和功績都很豐富，那這次也讓我們看看你奮戰的樣子吧。」

「我會啦……！雖然會，可是……！」

昴對由里烏斯的話憤慨以對，同時為不能收回自己的意見而碎念。

「就是這樣，請把我做誘餌的事記在心上，那接下來要開始研討。首先，魔女教會躲在宅邸和村莊附近的森林裡，因為沒有更適合的地方，所以幾乎可以確定是這樣。」

「擁有別處據點的可能性……被『霧』給打消了呢。」

「因為他們刻意使用『霧』來讓梅札斯領地與外界斷了聯繫，因此他們必定是躲在領地內。他們的目的是要斷絕領地內的人的退路，結果現在事與願違。」

這一點不用刻意說明，光看白鯨就很有說服力。魔女教使喚白鯨，自然就說明了魔獸的出現是為了達成魔女教的目的。

只不過這次白鯨被殺，所以魔女教召喚白鯨的目的就沒法得逞——

「白鯨出現和被討伐幾乎是同個時段，所以就看是他們先得知這消息，還是我們的劍先碰到他們了。」

「在這方面，我們也可說是在和時間作戰。要是刀鋒搶先抵達躲在森林裡的鼠輩脖子上，那就是實力之爭了。雖然力量微薄，但有我和討伐隊，再加上『鐵之牙』和由里烏斯殿下，我不認為會輸。」

「正是如此。」

冷靜比較敵我戰力後，昴也肯定威爾海姆的想法。

貝特魯吉烏斯所率領的魔女教徒，其戰力不容小覷。可是，昴所率領的援軍全是跨越白鯨之役的猛士，再加上貝特魯吉烏斯本身並沒有棘手的強大戰鬥力。

如果是近身戰，就連昴都可以跟他對抗。如果是威爾海姆的話，只要一擊就能斷他頭顱。

亦即，接下來只需思考如何準備優勢狀態來面臨決戰，然後一決勝負。

「因此就這點來說，能夠製造出奇襲狀況的我們壓倒性的有利……！」

畢竟，貝特魯吉烏斯他們完全不知道將要被昴一行人偷襲。

魔女教徒總是擔任加害者，魔女教本身就是不講理和不可理喻的代名詞。他們根本不會想到自己會受到他人威脅。

——就來挫挫他們的傲氣吧。

「至今他們可能做什麼都很順利。可是……這次不會讓他們如願的！」

「———」

昴的話裡帶著力量，連帶使聽者全都跟著神情緊繃。

他們也再次理解到：接下來要打的這一仗，是史無前例、能夠向被稱為魔女教的邪惡存在報一箭之仇的機會。

「進入梅札斯領地，用我把潛伏在森林裡的魔女教徒引出來。不過，大罪司教很狡猾，手下不但多，還編成十個團體。」

「你怎麼知道的？」

「之前遇到『怠惰』的時候，他稱部下為『手指』，還用右手中指、左手無名指這樣的稱呼來區分他們，但沒有連腳指頭都算進去，所以不用擔心敵人有二十團。」

貝特魯吉烏斯以手指名稱來區別底下的團體。雖然當時沒法悠哉地確認他的手指數量，但應該跟一般人一樣是十隻。還有既然他是神經質的狂人，應該會讓手指數量跟團體數量一樣。

只是，昴這答案卻在討伐隊中引發喧囂。他們的反應讓昴訝異瞬眼，不過聽到接下來由里烏斯說的話後也就懂了。

「昴，你說的以前遇過的魔女教徒是大罪司教嗎？而且還認為這次侵攻梅札斯領地的是『怠惰』。」

「——抱歉。沒錯，這邊是我說明不夠。接下來，我們要迎戰的是大罪司教『怠惰』。不但是孽緣，還是我在這世上最討厭的人。」

「呼嗯。順便問一下，你第二個討厭的人是我囉？」

「少自戀了。不要擅自覺得在我心中佔的份量很大。」

由里烏斯為了隱藏驚嘆而開玩笑，昴則是瞇起眼睛反駁。

自己最討厭的人物排行榜第一名是貝特魯吉烏斯，第二名是昴自己。由里烏斯雖然也榜上有名，但第一名和第二名的寶座不會因為這點小事而動搖。

「當時被那傢伙整得很慘。不過多虧這樣，我才能確定我的體味有效，以及他稱呼部下為『手指』並分散他們。」

「原來如此呢，所以才這麼自信滿滿喵。……那個孽緣，不要問比較好是嗎？」

「……嗯，是啊。不要問。不過必要的事我會說。」

「聽了好像也只會覺得不舒服，了解。」

看到昴講述魔女教時面容還有消不去的怒意，菲莉絲感到同情。

說不定在菲莉絲的心中，昴的體質和過去的慘痛遭遇是相互連結的。雖然知道他誤會，但昴刻意不訂正。

「還有，攻擊方案有可能被破解，所以我是先準備了防禦方案的保險措施。在出發討伐白鯨之前，我就先拜託安娜塔西亞小姐和拉賽爾先生了。」

「拜託大小姐做保險？這麼講，是惡質的企劃唄？」

「很普通的請託啦！你對你雇主的印象到底是怎樣啊！」

昴朝著認真懷疑的里卡德怒吼。

「其實我拜託他們兩位在街道附近的村莊等處張貼佈告，內容是——集合附近的旅行商人和擁有龍車的人，雇用他們當跑腿。雇主是梅札斯邊境伯，龍車上的貨物只要開價就買。」

「……哈哈——。這樣子，會花不少錢咧。」

「荷包會扁是毋庸置疑，不過這是為了守護領民性命的必要開銷。羅茲瓦爾那傢伙，在這次的關鍵時刻竟然不在，所以我這判斷可是很正當的。」

就是要捨得花錢，才能聚集到許多人手。反正出錢的是羅茲瓦爾，而且已經說了很多次，這都是身為領主卻沒盡到職責的他的錯。

不管怎樣，在以前的輪迴以告吹落幕的避難計畫——為了讓愛蜜莉雅和村民在魔女教發動攻擊前先逃走，事先就要做好準備。

「只是，這邊就出了點問題……因為不希望讓魔女教的人察覺到我們的動向，所以我想在途中和雇用的商人團隊會合。」

「計畫本身是想趁他們大意時執行，這樣一來確實要避免招惹到不必要的警戒。那就要從了解事情始末的現場人員中撥出人手去引導那個商人團囉。堤比。」

「明白。既然大小姐有出手，那從我方派出人來比較好。我們會派大約四個人擔任使者，麻煩給予指示。」

「哦哦，進展得很快呢。幫了大忙。」

由里烏斯和提比的快速判斷，讓昴撫摸胸膛鬆了一口氣。

「還有要派庫珥修小姐陣營的使者，先我們一步前往宅邸。因為要是不事先通報同盟關係和我們這支援軍的話，愛蜜莉雅那邊會陷入混亂。」

「啊～親筆信。這麼說來是有寫呢。」

菲莉絲拍手說，但正確來說是「拜託人寫」。因為這封親筆信是昴對雷姆講述同盟的事和魔女教的對策，然後由雷姆簡明扼要地寫下。

以昴的文字能力，還沒法寫出那麼複雜的文章。

只要那封親筆信有寄到宅邸，即使發生什麼不測，宅邸的人應該也能應對。就算落得保險生效需要避難的地步，至少可以提前準備。

「到這邊，就講完了……應該啦。雖然是一路上要處處留意和小心的戰術，不過各位應該也明白這次的戰鬥有著什麼意義。」

「讓魔女教大吃一驚的絕佳機會唄！」

昴的總結，讓用毛茸茸的雙手環胸的里卡德猙獰一笑。剽悍獸人的結論，使得討伐隊全員戰意高漲。

「……長久以來，未曾有過以如此優勢挑戰魔女教的戰鬥吧。」

威爾海姆頷首，邊說邊釋放銳利的劍氣。對劍鬼來說，使喚白鯨的魔女教就等同可恨的仇敵，所以他噴發的鬥志讓人信心十足。

「不但完成宿願還得到這樣的機會，就算被要求別熱血沸騰都很難啊。」

「這就仰仗你了，威爾海姆先生。」

「遵命。」

雖然不會太長，但現在的威爾海姆就是昴的劍。對他的態度懷有超越以往信賴的昴，一一看過超過五十人的同伴的臉。

——多虧他們自己才能應戰。一想到這，話語就自然脫口而出。

「不久之前，才剛歷經艱險到以為會死的白鯨戰役。事實上，有人死掉，也有人消失永遠回不來。」

在決戰中挺身挑戰白鯨而潰敗的性命。

以及記憶和存在都被「霧」抹消，消失在這世界上的名字。

「現在，我們能像這樣代替他們置身在這裡，並非有決定性的差異。硬要說的話只是運氣好而已，就這麼點差異。」

犧牲許多人，以眾多事物做代價，終於殲滅了「霧」之魔獸。

跟那個彷彿天災的魔獸是沒法套交情的，因此戰死者與生還者之間，並不存在決定性的差異。這是昴的看法。

「————」

雖然沒那個意思，但昴說的這番話，成了出征前的演說。

在即將作戰前，他們聆聽演說，以此約定俗成的訓誡來繃緊心神。就像在白鯨之役前，庫珥修向大家喊出的訓誡。

——戰爭沒有慈悲，生命無分貴賤，因此任誰都得拚命。

不過，傾聽者的這份心情和約定俗成，昴卻沒有覺察。

「只要差個毫釐就有可能會死。跨越那場戰鬥的各位，如今都還好好地在這裡。——既然如此，就再去跨越那個毫釐之差吧。」

「——!?」

「這裡的每個人都要活著取勝，大家都要活著回來。因為都戰勝白鯨那種怪物了，怎麼可能還會輸給魔女教呢。」

那樣的理想論，是看不見現實的無知青年才會有的妄言。

不管製造出多麼優勢的狀況，只要有戰鬥就會有犧牲。這種事昴也知道，沒有人在這方面的體驗能夠超越他。

所以說，他們心中除了有著面對「死」的覺悟，還有放棄「生」的念頭。

正因為看出來了，才會想要正面撞擊他們對「死」的覺悟。

「誰都不准死。為了那些人而死，太愚蠢了。」

死亡很恐怖。死亡不論何時都會以難以忍受的恐懼和喪失感來蹂躪性命。對誰來說都是這樣，也必定會如此。昴因「死亡回歸」而比任何人都深刻品味這點，所以他不想讓任何人體會。

因此，他才要大家否定這樣的覺悟後再行動。

「連猴子都能懂的獵殺魔女教」講座，最後以爆炸性的發言做結。

昴朝著啞口無言的人們舉起手，邊環視大家的臉邊開口。

因為被訓誡了男兒不可輕易低頭，要看著對方的臉來「拜託」。

「那麼，拜託你們了。——就倚靠和仰賴大家的力量，邁向勝利吧。」

3

「在魔女教大罪司教中，最有名的就是『怠惰』和『強欲』這兩人了吧。」

騎著地龍並肩而行的由里烏斯對昴說。

雖說是並肩而行，但兩人騎龍的姿勢卻天差地遠。昴是死命地跨在取名為帕特拉修的黑龍背上，可由里烏斯卻顯得敏捷俐落。

「所以說你這傢伙真的很討厭……」

「我就左耳進右耳出，繼續進行話題了。在特立獨行的大罪司教中，這兩個名號的大罪也特別突出。『怠惰』留在紀錄中的次數是壓倒性的頻繁，不過單論被害規模的話，『強欲』的所作所為叫人不忍卒睹。」

「次數和被害規模啊。不管哪個都不是很光彩的事……」

「沒錯。」

似乎也曾吃過苦頭，講述魔女教的由里烏斯很鬱悶的樣子。

「你所知道的『怠惰』，記錄中的魔女教的活動有一半以上都被懷疑跟這人物有關。考量到魔女教的活動範圍遍及全世界，就不得不佩服他驚人的行動力。」

「世界級的恐怖份子呀。」

「說得很妙。——自稱『怠惰』卻又格外勤奮做事的人，將行動力活用在不被世人期望的方向上，其精神層面可說是無可救藥。」

昴的腦子裡，浮現出狂人綻放光彩的瞳孔和只貼著一層皮的臉頰骨。

大罪司教「怠惰」・貝特魯吉烏斯——那個狂人不斷地述說自己有多勤勉，然後強迫他人都跟自己一樣拼命。

明明自稱「怠惰」，卻又極端厭惡怠惰行為。其厭惡的表現，可從「怠惰」的異常活動頻率看出來。

「而且很遺憾，騎士團幾乎都掌握不住魔女教的動向。原本要讓平時就潛伏不出的傢伙存在曝光便很困難。當災情出現，前往現場的人最先想到的兇手就是他們。——因為現場僅剩相當於被野火燎原過的慘狀。」

「警察只能在事件發生後搜查，陷入進退失據的窘境。雖然知道，可是……」

看到由里烏斯氣憤不已的側臉，就連昴都沒法像平常一樣惡言回嘴。責備騎士團的調查能力根本是本末倒置，因為錯的是魔女教，這是無法撼動的事實。

「——不過，這次不會再這樣了。」

聽了兩人的對話，從別的方位打岔進來的人是威爾海姆。

他跟由里烏斯中間夾著昴，跨在愛龍上的劍鬼直直地凝視前方，瞳中洋溢平靜的戰意，手不疾不徐地摸向腰部的寶劍。

「不讓他們有機會逃跑，先發制人。讓他們像白鯨那樣，為至今的惡行遭受報應。那是全體國民的意願，也是騎士團的悲願。」

「如您所言，卑鄙的他們不斷地逃離制裁之刃。但這一次，他們絕對逃不掉。我們必定會將刀刃送上他們的脖子。」

肯定威爾海姆的由里烏斯，表情緊繃，流露出難得的激動。

對魔女教的同仇敵愾，並非昴的專利。對長年活在這個世界上的他們而言，魔女教的存在就是潛藏在日常生活中的惡意。

「順便問一下，剛剛都在講『怠惰』，那另一個知名的『強欲』是？」

「『強欲』跟『怠惰』不同，留在紀錄上的傷害甚少。但是，存留在那少數紀錄中的被害規模卻無與倫比。最知名的就是帝國事件了吧。」

「既然會講最知名，就是被害規模最大囉？」

皺眉的昴問，由里烏斯點頭答。

「是的。城塞都市蓋庫拉——世界地圖南方的佛拉基亞帝國的屬地，是以最堅固防守聞名的國境大都市。常備兵數千，有數道防禦牆環繞都市，是不負城塞都市之名的地方……卻被『強欲』攻陷。而且，就他一個人。」

「攻陷!?一個人就打下都市!?」

又不是在聊一夫當關的故事。聽到這超乎想像的事，昴忍不住叫出聲。

「兵貴在精——雖是俗稱『帝國主義』的想法，但在其精神於國土滋長的帝國中，一兵一卒都是烈士。被這樣的士兵守護的城塞都市，卻被冠上『強欲』之名的大罪司教一人給攻陷。據說連佛拉基亞的英雄『八腕』庫爾剛都在那場戰役中戰死。」

昴聽前面的敘述早已驚愕到嘴巴合不起來，威爾海姆還追加說明。

劍鬼一道出被「強欲」打倒的英雄之名，眼中就浮現複雜的情感。昴一注意到這點，威爾海姆就閉上眼睛。

「我曾跟庫爾剛交戰過幾次。為了避免國與國的爭戰，所以兩國曾派代表互相決鬥，我就是在那兒與他相識。——他是個優秀戰士。我砍掉他八隻手中的六隻手，取而代之的是肚子被他貫穿。因雙方皆瀕死所以算平手……最終沒能分出勝負就結束了戰局。」

「出現了壯烈至極的過去……！」

劍鬼現役時期的插曲聽起來太有輕小說的味道，讓昂的少年心沈靜不下來。

雖然很想詳細追問下去，但都講到過去的好對手被魔女教殺害了，昂還沒有沒神經到去挖威爾海姆的舊傷。

話雖如此，單單一個「強欲」，其麻煩程度就讓昂感到沉重。

「『怠惰』和『強欲』……還有『傲慢』、『色欲』和『憤怒』嗎。雖然少了『暴食』，不過感覺前途多難呀。」

「──你已經在放眼未來了呢。」

「雖然厭惡，不過遇到的可能性我想很高。」

與「怠惰」的激戰即將到來，但昂已在為更久遠的將來擔心。與貝特魯吉烏斯無從避免的決戰，意味著和魔女教之間的決定性衝突。

只要魔女教還敵視著愛蜜莉雅，和其他大罪司教的衝突有朝一日必會造訪。

「聽了『強欲』的事已經讓我胃痛了。救命啊。」

「被不確定的未來之事擾亂心神的話我也無話可說。──現在，應該先集中精神在眼前的戰鬥吧。不為其他，就為了愛蜜莉雅大人。」

「我知道──啦。因為即將開打，所以我只是有點神經質罷了。」

朝好言勸慰的由里烏斯咂嘴後，昂看向街道正前方。遠方的東邊天空開始泛白，朝陽的起頭在昏暗的天空盡頭若隱若現。

魔女教討伐隊已經進入梅札斯領地。鞭策騎獸的團隊士氣高昂，每個人都意氣風發地穿過平原。他們的樣子看起來絲毫不被昴亂來的「拜託」給影響，對此昴偷偷鬆了一口氣。

不過，那真的是昴的真心話。他不希望討伐隊少任何一個人。與魔女教為敵，不應該出現犧牲者。

為此昴做好覺悟，只要是自己能做的事，他什麼都願意做。

「說是這麼說，在關鍵的作戰中充當誘餌就已經是我的極限了……」

「你說什麼？」

「沒什麼啦！只是在意另一隊能不能和保險那邊的人會合！」

「哦……不用擔心吧。他們也知道自己的職責。只要我們和他們的腳步不一致，作戰就不太會出破綻。大家都比你所想的還要重視自己的任務。」

本來只是想轉移話題，卻得到意想不到的強力回答，昴因此詞窮。應答的由里烏斯倒是不在意的樣子，這樣反而讓昴意識到自己器量狹小。

不過，在粉飾之前，面前風景先產生變化。

「——看得見了呢。」

「嗯。」

盯著變化的景色，由里烏斯喃喃道，昴也點頭。

迎接清晨的街道遠方，開始可以看到薄薄一層綠——廣闊平原的終點，也是包圍羅茲瓦爾宅邸和阿拉姆村的大森林入口。

這意味著與魔女教的總體戰，以及再見可恨狂人的機會即將到來。

「————」

與白鯨開戰前勒緊胸腔深處的緊張感再現。這個不管品嚐幾次都無法覺得舒暢的痛楚，讓昴拳抵心窩。

然後露出牙齒，驅趕懦弱，像鼓舞靈魂般獰笑後，說：

「好啦，雖然每次都要講，不過來一較高下吧。——放馬過來，命運女神。」

4

「嘿、咻、喲……」

昴邊用鞋底感受地面草木落葉的觸感，邊慎重地踩過難走的路。

踏著泥濘和樹根，走在昏暗的森林裡，抬頭仰望從枝葉的縫隙間探頭的藍天和太陽，拂上身的風帶著濕氣。溫熱的風讓自己意識到額上冒出的冷汗，昴用手背擦拭，然後大口吐氣。

——現在，昴以孤立無援的狀態走在森林裡。

被扔在風中的昴，別說一同穿越街道的同伴，連原本騎乘的帕特拉修都沒帶，更沒有帶武器。手無寸鐵走路的樣子看起來無依無靠。

「把帕特拉修留在那裡了，畢竟這場戰鬥似乎用不到他。」

輕笑這麼說的昴，微微喘口氣。

已經在這難走的森林裡走了蠻長一段距離。穿過樹木之間的窄縫，踩斷掉落的樹枝，小心地爬上滿是青苔的滑溜溜坡道。連路都稱不上的獸徑叫人猶豫。一路走來，阻擋昴行進的就只有惡劣的路況。

像這樣走在這座森林裡，對昴來說已是第三次。

第一次和第二次，懷中都抱著人走路。現在比起當時應該更加輕鬆，但不知為何卻覺得腳步備感沉重。

「竟然重複了三次，我都要厭倦自己的愚蠢了。這第三次，真想悠哉空手回去。……唉喲。」

在喃喃自語、跨過顏色鮮豔的蘑菇時，氣氛突然為之一變。

跟白鯨和艾爾莎對峙時，有被緊迫感反彈的感覺。但現在不同，四周的空氣伴隨著黏人的不快，還被迫去感受原本沒意識到的汗水觸感。

「來了啊……這種感覺，就跟在安靜的房間角落突然發現蟑螂一樣。」

遇到黑色害蟲時，誰先動就算「死」。這種謎樣的心理戰三不五時會發生，一旦發生就是無止盡的拉鋸戰，會讓人錯以為永遠都不能動。

跟那種感覺很接近、清晰的討人厭恐懼正爬滿全身。

若凝神細看，不管左邊還右邊都是相似的森林風景。但是，自己記得這種似曾相識感。——不，是真的曾看過這景色。

「每次走過這些不能稱作路的地方後就會到達。該說是我的方向感好還是瞎猜功力高強過了頭呢，會讓我隨隨便便就笑出來啊。」

搞不好是鼻子對邪惡很敏銳。

被訓練成專門追蹤魔女教的獵犬——這種稱呼很帥吧，只不過這隻狗是至今百戰百敗的輸家之犬。所以希望能在這次洗刷這個頭銜。

「——辛苦你們出來迎接了。」

盯著正面的昏暗空間看，昴道出慰勞的語句。

當然，裡頭沒有一絲一毫的親切。但是，被慰勞的他們沒人去在意這種人性方面的事。遲至現在才想到：他們到底是什麼人？

「這方面，就算問了也不會得到答案吧，魔女教徒。」

「————」

一瞬間，數道從頭到腳都黑色裝扮、與黑暗同化的人影包圍住昴。

不知何時，風聲與蟲鳴鳥叫聲都自世界上消失，這是他們登場時的樸實徵兆。只要知道會有這前兆，也就不會為這突如其來的遭遇感到驚訝了。

有的只有與場合不搭的安心——按照計畫與他們相遇的安心。

「雖然出場的方式很噁心，不過詳細的事我要問你們的頭頭。所以說，少擋路。」

「————」

「因為不知道的事太多所以很不爽啦，不過要論地位是我比較高吧？拜託囉。」

說完，昴就朝他們揮手示意散開。

頓時，黑衣團體朝昴低頭表達敬意，然後就著這姿勢滑行，再度融入黑暗中。這也是預料中的反應。

雖然複雜，但一般魔女教徒對昴沒有敵意。只要自己不顯示惡意，或是沒有貝特魯吉烏斯的指示，他們就不會攻擊昴。

這究竟是基於怎樣的理由而有的判斷，就算有，昴也不想知道。

「快點包袱款款回鄉下去……要是連這命令都聽我就樂得輕鬆了。」

事情哪有可能那麼盡如人意。深深嘆息的昴垂下肩膀。

不管怎樣，很明顯的，自己離目的地很近。四周的景色變得眼熟，也不時遇到魔女教的偵察兵。之後只要按照記憶往前走就行了。

只有自己的呼吸，和踩在泥土上的聲音支配耳膜。品嚐著簡直就像走在無邊無際的黑暗中的錯覺，但錯覺卻立刻結束。

「——哦。」

堵塞視線的樹林變得開闊，一道懸崖峭壁闖進昴的眼簾。

高聳岩壁在面前擴張，森林彷彿被留下巨大爪痕般突然中斷。懸崖底下有好幾塊大岩石，其中最大的那一顆後頭就是魔女教躲藏用的洞窟。充滿惡意的集團應該就是在裡頭準備殘酷的計畫。

只是，這次沒有必要進到洞窟裡頭說話。

要說為什麼的話──

「──久候多時了，寵愛的信徒啊。」

因為沈浸在瘋狂和歡喜世界中、身穿法衣的男子攤開雙手出來迎接昴。

消瘦的臉頰，凹陷的眼窩，深綠色頭髮，土黃色的肌膚帶著不健康的光澤，從黑色法衣伸出來的手腳瘦弱得簡直像枯枝。年紀大約三十五，但看那整體毫無生氣的外表，就算說他是五十歲也不奇怪。

不過，唯有炯炯有神的雙眼，帶著壓倒性的瘋狂直盯著昴看。

「我是魔女教的大罪司教，掌管『怠惰』的──貝特魯吉烏斯・羅曼尼康帝！」

伸長的舌頭流淌著口水，狂人──貝特魯吉烏斯邊哈哈笑邊高聲自報名號，就像是在歡迎昴的到來。

5

被深深一鞠躬後大笑的狂人迎接，昴手貼胸膛。

仇敵貝特魯吉烏斯就在面前，昴卻發現自己極為冷靜。

「真不可思議……」

自己曾經那麼憎恨、欲殺之而後快，同時也是一切元兇的敵人。

恐怕在自己短短的人生中，不會再有像他這麼可恨的男人了吧。

自己應該發下了豪語，要親手折斷他的脖子；然而當那宛如惡魔的惡人臉就在眼前，現在的昴有的卻只有安心。

「歡迎你，受到寵愛的孩子！太棒了……啊啊，太棒了——！纏繞在你身上的愛是多麼深厚！包圍住你身子的愛是多麼崇高！擁抱住你身體的愛是多麼熱情！感謝！壓倒性的感謝！」

站在感慨萬千的昴面前，貝特魯吉烏斯早早就在發狂：用力甩亂頭髮，狂抓手背流淌鮮血，感動到難以壓抑激情。

第一次是在恐懼中，第二次是在敵意中看著這狂態。然後現在第三次，昴終於是懷著身為人類理應會有的嫌惡情感，站在狂人面前。

同時確信貝特魯吉烏斯這個人，跟常人絕對無法相容。

「————」

臉頰不禁痙攣，昴大口深呼吸。冷靜沉著下來後，朝著貝特魯吉烏斯舉起手，死命擠出友好的笑容。

「喲，沒想到我這麼受歡迎，真不好意思。畢竟我欠缺你所說的寵愛的實在感。」

「這不奇怪！對大多數人來說，開始都很突然。任誰，都是在某一天突然察覺自己是『被愛著的』。然後只要察覺到，就沒法放掉那份愛了。——沒錯，因為愛就是一切！」

面對尋求對話開頭的昴，貝特魯吉烏斯開心地這麼說。他攤開染血的雙手，瘋狂專一地謳歌愛，歌頌他那十分扭曲卻又耿直的愛。

「回報愛！我們被給予愛！所以我，我們，必須勤勉以報！因此要試煉，給予試煉！為了找出這個世界、這個時刻、這個我受到魔女寵愛的意義！為了愛、為了愛為了愛為了愛為了愛為了愛——！」

「可不能偷懶怠惰呢。為了誠實回報那份愛，所以必須勤勉。」

「正是——如此!!」

昴拾取對話梗概，佯裝理解。對此貝特魯吉烏斯感動大笑。

他除了理解和贊同以外別無其他。既然沒看穿昴只是說表面話配合他的企圖，那也就是毫無內容的妄言而已。其實可以的話，昴很希望立刻就結束這話題。

「啊—那麼，我接下來該怎麼做好咧？和你們會合……就好了嗎？沒有其他手續，像是要填寫需要印章的文件嗎？我沒印章所以按拇指印可以嗎？」

但是，昴壓抑湧上來的嫌惡感，強迫自己面對貝特魯吉烏斯。

——要盡可能拉長對話，好從狂人口中套出有用的情報。

「呼，嗯……你的意思，你的意見，你的打算……跟我重疊。」

面對昴打著算盤的接近，貝特魯吉烏斯抽動鼻子像在確認魔女的香氣，然後面露恍惚笑容，伸出雙手給昴看他還健在的十指。細瘦宛如枯枝的手指顫抖不已。

「若要當場加入我的『手指』，你被給予的寵愛就太濃厚了……擁有如此芳醇的魔女之愛，你到底是何等人物呢？如果是『憤怒』的話想必會很羨慕這份寵愛……你該不會是『傲慢』吧!?」

「你說傲慢……」

「大罪司教的六席之中，只剩『傲慢』還空著！在出現適任者之前，這一代的大罪都沒法到齊……魔女因子應該已經到了下一代的『傲慢』才對。——你應該有收到『福音』吧？」

貝特魯吉烏斯和昴之間的距離縮小了一步。

脖子傾斜九十度的他發問，昴只覺得困惑。

大罪司教中的「傲慢」空缺無人，這個情報是好消息。但取而代之的，昴被懷疑是否要來填補那個座位。自報名號是很簡單，但這樣好嗎？自稱是「傲慢」的話，難處就在貝特魯吉烏斯會有什麼反應根本無從預料。

話說回來，自己根本不知道「福音」是什麼東西，所以完全無法回答。是只有魔女教的人才會用的暗語嗎，還是想要套話呢？如果是前者的話，那魔女教對新成員也太不溫柔了；後者的話，就是這個狂人對自己施加的心理戰吧。

「欸——這個嘛……」

不能含糊帶過，但若是默不作聲又會被懷疑。在緊張感繃到極限的情況下，昴用力閉緊眼睛。

閉上的眼皮裡頭，浮現出好幾個昴必須守護的臉孔。

——僅憑如此，就下定了決心。

「福音就先不說，那個『傲慢』嘛……假如條件不是性格惡劣的話，我不能說是沒頭緒喲。我有點興趣，所以想再多問一點。像是關於大罪司教……還有試煉之類的。」

不好開頭的「福音」就先往後挪，先乘著狂人的發言順水推舟，探問還有許多不明白之處的大罪司教的事，以及貝特魯吉烏斯說了好幾次的試煉。

試煉——八成就是這次的攻擊計畫本身。要是能知道細節，順利的話最好可以知道潛伏在四處的「手指」的位置，這樣情報收集上就堪稱完美。當然，單刀直入地問有可能刺激到貝特魯吉烏斯，不過現在才警戒這點已是沒有意義。

與輕佻的口吻相反，昴懷著開戰的覺悟發問。對此，狂人慢慢地把自己的右手指頭塞進嘴巴內。

「——大腦、在、顫、抖。」

臼齒咬爛拇指，鮮血伴隨鈍響從貝特魯吉烏斯的嘴角流淌而出。

從他沙啞的呢喃到顫抖，都失去了方才的狂喜。虛無的眼神挑起昴的恐懼，加快心跳的速度。心臟用力壓縮反彈，從內側撞擊肋骨到都覺得痛了。——站在緊張不已的昴面前，貝特魯吉烏斯從嘴巴拔出手指。

「關於試煉……嗯，可以喲。」

「——」

「街道被封鎖的情報要傳至各地，應該還要點時間。試煉的開始也一樣——時間還多的是。」

與險惡的態度相反，貝特魯吉烏斯對上進認真的昴吐出帶好感的話語。對此昴努力不讓臉頰痙攣，並擠出笑容。

「是喔……封鎖街道呀。這方面，要下什麼功夫嗎？」

「很簡單，就是『霧』。光這樣講，解釋就很充分了吧。」

「——嗯，非常充分。」

聽到他簡短的答案，昴也簡單回應。

這段暗示封鎖街道與「霧」的關連性的發言，就是白鯨與魔女教有關的證明。再加上剛剛的對話，就能確信白鯨被殺這件事尚未傳到貝特魯吉烏斯耳裡。——他們還沒注意到昴帶來的討伐隊。

「可是，用霧封鎖街道，排除礙事者來執行試煉，還真是不好應付的做法呢，貝特魯吉烏斯先生。」

「是呀，試煉是神聖不可侵犯的！不管身在何種苦境都要排除萬難，否則就是對愛不誠實！沒錯，對愛！被傾注的愛！被給予的愛！我們非得回應不可！」

「嗚喔！」

除了對試煉的發言，貝特魯吉烏斯還對自己的愛之理論燃起熱情火焰。身子後仰、瞠目伸舌的狂人專心地瞪著天空，企求看不見的東西並滂沱淚流。

昴被他如此狂熱的反應嚇到，但他沒有要停止的意思。

「一切都是為了愛，為愛犧牲！對那存在本身就是不道德的銀色半魔，責問她的罪孽！給予測試她能否背負罪業的試煉！沒錯，必須測試！證明她不怠惰而是勤勉！我要親手、第一個測試！」

「責問罪孽，測試能否背負罪業……就是試煉？」

「是為此而有的試煉！因此才有大罪！大罪司教！所以必須測試！不測試的話……就不知道是否為能吸收魔女因子的恰當容器——」

被狂亂支配的同時，貝特魯吉烏斯把手伸進自己的法衣中，然後拿出一小本書皮全黑的書，大小跟昴原本世界裡的字典差不多。接著靈巧地用單手打開書，以充血的雙眼掃視內容。

「福音中記載了我的職責，是我必須去執行的愛之鐵證！既然你是『傲慢』，應該就能理解我這興奮的想法！因為我等冠上大罪之名的罪人填滿位置，已是暌違幾百年之事!!」

「等一下！我還不清楚『傲慢』和魔女因子的事……」

「——揭示福音。」

「——呃。」

狂亂再度收斂，突然降臨的平靜強行抑制驚濤駭浪的感情。昴跟不上那變化，被突然逼近的貝特魯吉烏斯給嚇到後退。

昴的反應，讓對方用狂熱已消的目光，傾斜脖子九十度，說：

「揭示福音。揭示寵愛的證明——」

說完，狂人朝昴伸出染血的右手，索求共犯的證據，乾淨的左手則是憐愛地撫摸書本。他的舉動和態度讓昴理解了。

——那本書，就是「福音」。

然後像是要肯定這股確信，貝特魯吉烏斯朝昴伸出福音書。

「我的福音書上，沒有關於你的記載。既然如此，你是如何、為什麼出現、來到這個地方，要為我帶來怎樣的幸運呢？」

「哦哦！那本書的書名就是『福音』啊！原來如此原來如此，我懂了我懂了。既然如此就早說嘛。」

眼前是必然的決裂，昴誇張地邊撫摸胸膛邊把手伸進衣服裡。當然，裡頭別說書本，連一張紙都沒有。

「————」

看著昴演啞劇，貝特魯吉烏斯的瞳孔微微縮小。充滿瘋狂的雙眸，在昴的腦子裡按下倒數計時的按鈕。數字異常快速地行進，沒多久就要出現破綻了吧。

所以說——

「唉喲喂，不妙。糟了糟了。」

「怎麼了？」

「我的『福音』呢，那個了啦。——因為用來當鍋墊弄髒了，所以就被我扔了。」

——所以說，這裡就是分水嶺。

判斷無法再延長對話後，昴立刻切斷對話。

聽見昴開玩笑的答案，有一瞬間貝特魯吉烏斯愣住，但緊接著發言在他的腦子裡轉換成侮辱，因此表情頓時變為凶猛。

「寵愛的證明！怠惰的權能！『不可視之手』——!!」

用爬蟲類獵食的表情尖叫，狂人的影子爆裂開來。——不，影子是猶如爆炸般膨脹，化為多隻黑手朝天空伸展。

那就是能輕易破壞人體，常人看不見的不可視魔手。

手掌高高飛舞，然後像扭動脖子的蛇一樣鎖定昴為目標。魔手黑影像鞭子一樣彎曲，緊急加速的手掌朝地上伸出手指。

黑色手指碰到——在那之前，昴也原地大幅轉身。

「之前也說過了——只要看得見，就不是沒法閃躲的招術！」

「你說什麼——!?」

那是在之前的輪迴說過的話，所以對貝特魯吉烏斯來說只是無憑無據的挑釁，可是又沒法從容地將昴的發言視為戲言。

七隻漆黑手掌為了扭斷昴的四肢蜂擁而至。雖然岩石多到不好踏腳，但昴還是以客套話也稱不上華麗的腳步跳起來避開它們。

大幅往後飛躍，和面前的貝特魯吉烏斯稍微拉開距離。為了逃離黑掌的攻擊範圍——還有，避免妨礙到反擊。

「你，剛剛，躲過我的『不可視之手』——」

「現在不是看我的時候吧？」

自己的絕招權能被閃過，貝特魯吉烏斯嘴角吐泡正要放聲大叫，但昴卻搶先出嘴指著狂人的背後，並升起了反擊的狼煙。

「哇——！」「哈——!!」

重疊的野獸遠吠，震動大氣在大地上掀起破壞衝擊波。

岩石地面破裂，土石塵埃被風捲起噴發，原本的裂縫在地面延伸出宛如蜘蛛網般的龜裂，懸崖峭壁被挖掘而發生坍方。

「什麼──!?」

回頭看的貝特魯吉烏斯發出驚愕之聲，朝使出合體技的獸人姊弟瞪大眼睛。

身上的白袍衣擺隨風搖曳，伸展四肢咆哮的人是咪咪和堤比。

兩人在貝特魯吉烏斯的身後著地，無視狂人直接朝著陡峭的懸崖使出咆哮波，結果劇烈衝擊波擊碎岩壁，爆裂開來的岩塊像雪崩一樣滾落，連同隱蔽的魔女教集會場入口一同壓碎毀壞。

岩石和土砂堆得高高的，天然的洞窟搖身一變成為墓穴。

「活埋超棒。──你們就為自己的所作所為痛苦懊悔吧！」

昴豎起中指，猙獰地咬牙切齒破口大罵。

粉塵飛舞，崩塌的衝擊在腳下化為地鳴傳播開來，被埋在裡頭的魔女教徒的命運不言而喻，其慘狀讓貝特魯吉烏斯抬頭望天。

「這是……這是怎麼回事……！」

狂人顫動喉嚨，邊抓頭邊開始流血淚。粗魯的行為扯斷頭髮，頭皮流血的貝特魯吉烏斯激動跺地。

「把我的手指……如此殘酷、不留情面、毫無秩序、隨便任性、輕而易舉、毫無意義地殺掉殺害滅絕……啊啊，啊啊！大腦、在顫抖──────！」

「嗚噫—好可怕喔，這個大叔！」

「魔女教徒每個都這樣喔，姊姊。」

貝特魯吉烏斯像小孩發脾氣的模樣，讓姊弟倆面露噁心的表情交換感想。當然，他們兩人闖入現場既非偶然，更不是奇蹟，而是按照商量好的作戰計畫，以援軍身份登場。

消除氣息後和昴同行的兩人，配合昴的信號堵住魔女教的基地入口。這樣一來敵人就剩下貝特魯吉烏斯一個人，戰況會朝昴他們壓倒性地一面倒。

「……啊啊，原來、如此、啊。——很好。」

可是，狂哭流乾眼淚之後，貝特魯吉烏斯平靜地這麼說。

狂人慢慢地掃視他們三人的臉，然後溫和一笑。笑著說——

「很好。很好。——這樣很好！啊啊，很好！很好！很好很好很好很好很好很好很好很好很——好——!!」

「嗚呀！」

講到一半亢奮起來，聲音還叫到破音的狂人嚇得咪咪肩頭一跳。

呈現讓人噁心到背脊發寒的狂態後，貝特魯吉烏斯把雙手手指同時塞進嘴巴，然後按照順序咬爛指頭。

十隻手指全都咬爛後，出血量驚人的他說：

「很好。我懂了！來吧，來比吧！我跟你誰才配得上寵愛，是時候來比拼了！為愛，沒錯，為愛——！」

「……你戰意昂揚的時間點很不對喲。」

貝特魯吉烏斯用腳指頭敲地面，無視咪咪姊弟只對昴宣戰。可是昴卻用跟戰意相去甚遠的表情聳肩回應狂人。

「什麼!?現在！正好！是我！帶著愛面對這次的試煉——！」

「——你的對手，我交給別人負責了。」

貝特魯吉烏斯將染血手指指向前，還想說什麼的時候被昴打斷。

聽到這答案他瞪大雙眼，正要發出疑問之聲時——

「喝啊————!!」

頭頂傳來一聲銳利吆喝，貝特魯吉烏斯呆呆地抬頭往上看。

身體被袈裟斬給一分為二——劍鬼的斬擊砍斷狂人。

第二章 『──戰鬥吧』

1

──時間回到魔女教對策會議結束前。

「對了！忘了說關鍵的事！」

昴拍手這麼說，是在他的「拜託」發言帶來難以言喻的氣氛之後──正是意氣風發準備前往梅札斯領地時。

「不是說明不夠喔。」儘管當場這樣說很尷尬，但絕不可以疏漏最重要的部分，所以昴叫住全員。

「連猴子都能懂的獵殺魔女教作戰裡頭，關鍵的大罪司教……偷襲那傢伙的成員要嚴格挑選。」

「嚴格挑選？」

「沒錯。能否幹掉大罪司教，掌握了這次作戰的成敗。成員的話我想選頂尖人員。具體來說就是威爾海姆先生和『鐵之牙』中對暗中移動能力有自信的傢伙。啊，附帶條件是可以直視大罪司教也不會怎樣的人。」

昴開出的條件，讓紛紛起身的隊員都皺起眉頭。他們的表情變化有困惑，有憂慮，有不安，還有人只是模仿身旁的人的表情，雖然有個別差異，但總歸一句就是「疑惑」。

這也是當然，自己應該要好好說明。昴邊抓頭邊說：

「就是呢──我剛剛也說過，戰術本身就只是『由我釣出魔女教』這麼簡單。雖說跟打白鯨的方法相同……但要是敵人上鉤後的反應也被各位想成和魔獸一樣，那可就不得了了。」

「啊──說的也是呢。白鯨因為昴啾的臭味而失去自我，但魔女教徒跟魔獸不同，不致於被臭昏頭喵。」

「要是真能臭昏他們，說實在話我還真想知道我是什麼鬼……算了，反正理想狀況是我當誘餌的事曝光的當下就可以出其不意地幹掉敵人。只有大罪司教一定要先殺掉，以此結果為前提的話，就能得出剛剛的條件。」

點頭肯定菲莉絲的理解，昴為說明做結。頓時，面對這個提案，周遭的反應都不甚熱烈，大多都面有難色，表情最難看的又以裸露牙齒的里卡德為最。

「等等──要真是那樣，偶們就只是負責清垃圾咧。士氣都拉到這麼高了，怎麼突然就丟那麼過份的事咧。那樣不行滴。偶沒聽說喔。」

「所以我現在在講啊。還有，剛剛只講大罪司教，但『昴釣餌』戰術會有十個地方要大開殺戒，絕對輪得到你出場啦。」

為了說服加入不滿圈子的里卡德，昴費盡唇舌。

「並不是瞧不起其他的魔女教徒，但只有大罪司教另當別論。只有那傢伙一定要先備好對策。」

「就是想要準備萬全吧。這想法我贊成，但挑人的理由是？當然，我並非對欽點威爾海姆大人這點不滿。」

在說服抱怨連連的里卡德時，這次換由里烏斯插嘴。他斜瞄閉上眼睛的威爾海姆，邊摸自己的騎士劍邊看昴。

「一開始就被撇除在人選外，實在有點難以接受。」

「說什麼沒有不滿，明明就一臉不滿嘛……」

不被算在與魔頭大罪司教的決戰人選內，由里烏斯正面反駁。看到兩人為了這件事而跟昴意見相左，菲莉絲拍拍昴的肩膀。

「是說呀，昴啾，如果還對由里烏斯有疙瘩的話……」

「才不是那樣，別瞎猜啦。這邊是我說明得不夠，是我不好。」

「才不是對昴啾有那麼低俗的疑慮咧，雖然不能說那個可能性沒有掠過腦海啦……但人家可不想把昴啾視作為了小細節固執己見而錯看大局的人。」

他說的有一部份是真心話吧，總之感覺被他叮嚀不要下達半調子的指示。過去的自己確實曾因拘泥小節導致誤了大局，因此昴邊反省邊豎起手指。

「大罪司教『怠惰』的魔法……不算魔法吧，也不是咒術和精靈術，總而言之那傢伙有特殊能力，這就是我討厭用人海戰術的原因之一。」

「……特殊能力？那啥喵，第一次聽說。」

「怎麼講好咧，就是可以伸出好幾隻肉眼看不見的手。除了例外，其他人是真的看不到，一旦中招就會被輕易撕成碎片。而且他的攻擊範圍，就是他看得見的範圍。」

「哈啊……!?」

昴道出的理由奇異莫名，讓菲莉絲驚訝得彷彿晴天霹靂。由里烏斯也皺起眉心，或大或小的驚訝支配了討伐隊。

——貝特魯吉烏斯所操縱的「不可視之手」，就跟字面意思一樣是「看不見」的威脅。

忘不了雷姆的身體被那宛如惡夢的力量殘酷蹂躪的光景。而那樣的威脅，其威力可在大規模混戰中盡情肆虐吧。

「所以說不能仰賴人數，那樣只會增加犧牲者。」

「看起來……一本正經呢。只是庫珥修大人不在，不能確認。」

「就算庫珥修小姐在，我的答案也一樣啦。那個能力就是跟『怠惰』開打時的障礙。」

說實在話，其實不只要擔心這個，不過昴刻意只說死這點。接受這答案，第一個插嘴的由里烏斯擔憂地垂著眼簾問：

「問一下，你說除了例外都看不到，那個例外是？」

「我本人。」

「原來如此，很單純呢。」

昴簡單明快地回答，由里烏斯也留下直截了當的答案，然後再度陷入沉思。這段期間另一處有人舉手。

「明白了──！」

舉手這麼說的人，是朝氣十足的咪咪。笑得天真爛漫的她，抓住身旁的堤比的肩膀用力搖晃。

「好喲──咪咪和堤比要跟哥──哥去──！還有，爺爺也一起！這樣就是最強隊伍！好嗎？走嘛？」

「姊姊又突然這樣了……」

習慣姊姊的奔放不羈，堤比絲毫沒有反對的意思。雖然感謝有人自願，但對方是否符合條件叫人甚感不安。

「放你一百二十個心咧。咪咪是除了偶之外，偶們隊裡最能幹的。所以說她才會擔任副團長咩。」

「我真的可以相信嗎？她是那種在緊要關頭還會打噴嚏的人耶。」

「這點昴啾沒資格說人吧。……唉──沒辦法喵。菲莉醬也想一塊去。這樣昴啾心情會稍微輕鬆點吧？」

「真的？那可是幫了大忙，但沒問題嗎？老實說很危險喔。」

「還真敢說……」

菲莉絲的宣言叫昴吃驚反問，聽了這樣的應答，由里烏斯則是瞠目結舌。「怎樣？」對此昴扭轉脖子問，由里烏斯則是沒再說什麼。

「威爾海姆大人，咪咪和堤比，再來是他，都交給你了，吾友。」

「好啦好啦。打從一開始庫珥修大人就交給人家了，用不著擔心啦。」

「就算是那樣，我還是會擔心。」

「……好啦好啦。那人家就把你那一份的擔心也放在內心角落。」

苦笑的菲莉絲，和假正經低頭的由里烏斯。朋友之間的隨性與信賴同在的互動，老實說叫人有點羨慕。

不管怎樣，思索到最後，由里烏斯似乎也接受了。

「可以接受了？」

「既然只有你看得見那個大罪司教的異能的話，那就沒辦法。總之就是人數增加的話，閃避的指示會亂掉。」

「理解得快就好說了。」

不愧是能作戰的人，對戰術的理解很快。

應付「不可視之手」的對策，除了昴本身可以閃過魔手外，他還可以看穿魔手的動向，誘導其他人閃避。

但同伴人數要少，才能正常發揮這個對策。

與貝特魯吉烏斯的決戰，昴希望以少數人迎戰，理由就在於「不可視之手」在面對多數敵人時是很有利的異能。

「所以說，我希望威爾海姆先生也來參與這場最危險的戰鬥……」

由里烏斯、里卡德和其他人都不再有反對意見後，昴就把話題拋向始終保持沉默的威爾海姆。

不肯定也不否定的威爾海姆張開眼睛。清澈藍眼映照著昴的劍鬼，毫不在意方才會議中的一切，點頭道：

「此身現在是昴殿下的劍，會按照您的意思斬殺您的敵人。──就不需要問在下對這條路的覺悟了吧。」

「────」

「還請照您的意思盡情使喚。」

他將研磨透徹的信賴交託給自己。昴吞下驚嘆，點頭。

回過頭，是互相嬉鬧的幼貓姊弟以及聳肩的菲莉絲。背後是由里烏斯和里卡德，討伐隊的人們都把重要局面寄託給昴他們。

承受這份信賴，昴這次沒有一絲不安，用力點頭。

「果然這場戰役——會是我們獲勝！」

2

「幹掉了!?」

忍不住說出嘴的昴慌張地用手塞住自己的大嘴巴。

地點是面向峭壁的岩區正中心，時間是威爾海姆飛躍過來從貝特魯吉烏斯的身後斜砍下去時。

從肩膀到腰部被深深切開，致命的重傷讓狂人的姿勢大幅搖晃。

即使如此，直到最後貝特魯吉烏斯都瞪大眼珠，直瞪著昴看。

「怎麼——」

遺憾的是，永遠都沒法知道狂人死前想說什麼了。

畫出弧度，邊揮灑血液邊破風的斬擊形成一道橫線。剎那間，被切斷的頭顱輕盈地飛向遠方，脖子像噴泉一樣湧出鮮血。

眼前有人的腦袋分家，這光景讓昴說不出話。不過，失去頭部的肉體似乎還在被偏執推動，朽木般的手還想伸向昴。

「不識趣到極點。──乾脆點，在此殞命吧。」

劍鬼之刃毫不留情地斬斷垂死掙扎的身體。

斬擊將雙臂切離肩膀，刀刃再反手一揮命中身體，從腰部讓上下半身淚別，化為肉塊的狂人裸露腸子倒在地面。

鮮血噴發和肌肉痙攣都很快停止，之後剩下的就只有強烈的死亡血腥味。

已經失去人類尊嚴的悽慘死樣，讓昴的喉嚨湧上嘔吐感，不過他硬生生地忍住。

「結、結束了……嗎？」

「這樣都還不算結束的話，菲莉醬就有可能相信魔女的寵愛這種戲言喔。」

昴戰戰兢兢觀察屍體，身後走來的菲莉絲則是這麼回答。他站在嚇破膽的昴身旁，毫不猶豫地檢驗屍體，然後說：

「雖是理所當然，不過這傢伙完全死透了──。這是王都最高等治癒術師掛的保證。」

「是、嗎……」

不留原形的屍骸，簡直就像神創作的人類失敗品一樣欠缺現實感。菲莉絲的話增添了安心，昴雖然覺得嘔吐感遠離，但還是望向森林。

魔頭大罪司教按照計畫收拾掉了。再來就只剩下躲在森林裡頭的「手指」。

「其他人有順利……不會亂來吧。」

「昴殿下擔心是否會有違逆您的指示擅作主張的士兵嗎？縱使萬不得已發生戰鬥，那兒有里卡德殿下和由里烏斯殿下在，不會有什麼萬一的。」

確認砍掉的頭顱後，回來的威爾海姆嚴肅地頷首。劍鬼的保證叫人心安。但即使心安，昴的不安卻無法完全消失。

不安的矛頭指向別動隊——他們在昴抵達貝特魯吉烏斯所在地的期間，負責應付被昴的存在吸引而現身的魔女教徒。

貝特魯吉烏斯分散在森林裡的部下，總計有十個團隊。

途中遇到了兩隊「手指」，昴下令他們回自己的據點，也確認過他們真的有離開。他們的蹤跡將成為線索，讓別動隊掌握他們躲藏的地方——但即使人數贏他們，昴也嚴令不得提前開戰。

但是，要是別動隊先被「手指」發現，就不可避免一戰。

「要是有那樣的意外就恐怖了。畢竟是我所想的戰術，絕對有漏洞……不知道魔女教在想些什麼，而且他們能作戰的人意外的多，好可怕喔……」

「已經夠了，擬定戰術的人不安個屁啊！而且那些話膽小的昴啾已經說過很多次了，可以閉嘴了不然很煩。」

這邊收拾完就會在意另一邊，但昴擔心的模樣讓菲莉絲一臉厭煩地嘆氣。

「人家了解你害怕的心情，不過由里烏斯他們在戰鬥上不成問題喵。能讓由里烏斯全力應戰的，我們陣營裡就只有威廉爺了吧。」

「……這樣啊。那傢伙這麼強啊。」

面對無止盡的擔憂，菲莉絲補述，不過內容卻讓昴的內心感到複雜。

在可靠的同伴這層意義上，由里烏斯的強大當然是非常歡迎──但是根植在心中的厭惡意識，讓昴難以老實接受對由里烏斯的好評。雖然跟他單挑的傷都好了，但沒法治癒的幻痛如今還在折磨昴。

「真是根深蒂固……是否無意識這麼想姑且不論，不過想要疏遠的心情人家不是不懂。」

「──？你說什麼？」

「沒有。人家只是說要擔心的話，應該是由里烏斯那邊擔心我們這邊！菲莉醬直到現在都覺得這個戰術根本是有勇無謀。」

菲莉絲橫眉豎目地瞪著內心糾葛不已的昴。聽了他的話昴皺起眉頭，邊看方才成為戰場的岩區邊說：

「……知道了啦。不過，進展得很順利吧？」

「那是只看結果吧。被大罪司教懷疑的時候根本是九死一生，離死亡只差一步而已。菲莉醬最討厭眼前有人急著送死了。」

「我才沒有急著送死呢。但就算我這麼講，也沒什麼說服力就是了。」

菲莉絲的視線之嚴厲，讓昴領悟到堆疊藉口是毫無意義。

──直到最後都在拘泥這個戰術細節的人，其實是菲莉絲。

以昴做誘餌誘出貝特魯吉烏斯。雖然菲莉絲沒有抗駁這個「釣魚」作戰，但卻對關鍵部分的安全性萬分在意。

這個戰術的大部分內容都仰賴昴執行，所以可信度低這點不容否認。

除了應付被引誘出來的魔女教徒外，找出、困住貝特魯吉烏斯，乃至收集情報，全都由昴一手包辦。——只要某一環節的狀況與預測的不同，昴就免不了一死。而菲莉絲就是在厭惡這個結果，因為想不出能夠顛覆這個作戰可用性的方案，所以這個決策就被拿來執行，不過——

「只能看著結果發生、那種著急的感覺，昴啾應該也懂才對……」

昴對菲莉絲含恨的話語記憶猶新。那是在半天前與白鯨作戰的期間，親耳聽菲莉絲講到他是如何接受自己在戰場上的定位的。

菲莉絲也跟昴一樣，在戰場上有著無人能替換的立場。不僅如此，對隸屬於騎士團的他而言，被迫體認到自身無力的機會絕對是昴比不上的。

他最後丟出來的話，裡頭有著被同樣無能為力的伙伴給背叛的寂寥感。

「不過，我有點意外。我以為你很討厭我。」

「人家不會憑好惡來挑選治療的對象。不要把菲莉醬當白癡。」

「我比較希望你否定討厭我的這部分耶！」

儘管對這評價是了然於心，但只要當事人肯定，自己看待的態度也會隨之改變。見昴忍不住苦笑，菲莉絲不爽地觸碰腰際的短劍——他唯一的武器。

「喜好和有無生存價值一點關係都沒有。菲莉醬的能力……就是以此為前提而運作，最後獲得認同的力量。」

「菲莉絲？」

「還有，在白鯨之役中死了很多人。有被霧消滅的，被壓爛的。一旦死了就算是菲莉醬……就算是我也沒法治癒。」

聲音失去平常的從容，菲莉絲的手指玩弄刻在劍柄上的浮雕。那是獅子家紋──與他的主人庫珥修持有的寶劍一樣的圖騰。

靠著手指的觸感得到勇氣的菲莉絲，用充滿覺悟的表情瞪昂。

「在這場戰爭中不想讓任何人死，不是只有你這麼想。」

「……這個我也知道啦。」

正面承受菲莉絲的視線，即使認錯，但昂還是無法改變做法。不管菲莉絲怎樣抗議，也不會動搖本次戰術的執行。

因為假如賭上性命的籌碼是自己的性命，那昂一定會在一開始就下注。

「確認完洞窟了。整個被岩石壓垮，裡頭的人真是可憐。」

「哦─很完美─！完美完美─！全部都咚卡就沒有了─！」

對話中斷的時候，去確認被掩埋的洞窟的獸人姊弟回來了。迎接他們後，昂再次走向貝特魯吉烏斯的屍骸。

不安要素一掃而空，危險全都被排除。緊張感消失，臉頰也沒那麼僵硬了。

「用出其不意的奇襲一口氣解決掉你——老實說，這根本犯規，但我不認為做錯。因為你的陰險邪惡比我的伎倆還要惡劣太多了。」

朝著已經死掉的對手說些勝利宣言，只會感到空虛。更何況還是用偷襲暗殺得到勝利，這麼做除了空虛外還追加了卑鄙。

儘管如此還是不得不說，是因為真實感終於在昴心中萌芽。

打倒貝特魯吉烏斯——為了達到這成就，讓世界重來並挑戰好幾次後才得到的結果。

「威爾海姆先生，謝謝你。還有，抱歉勉強你了。」

「哪兒勉強？」

「從背後偷襲砍殺敵人，很惡劣吧？」

昴的指謫令他的表情微微陰鬱。別說奇襲了，根本是暗算對手。騎士一定覺得這手段很不正派吧。

但是，威爾海姆那樣的表情立刻瓦解成笑容。

「我早已廢棄騎士道，昴殿下用不著在意。」

「可是，利用你跟著我這點，讓你協助偷襲的人是我。」

對手是邪教徒，不會採用堂堂正正的手段，這是事實。儘管如此，為了卑劣的企圖而尋求他人協助，在良心上還是過不去。

「唉，菲莉醬是不會在意啦。由里烏斯的話可能會討厭……但他領悟力高又懂事。」

「所以我不想對那傢伙說啊。你的反應倒是在我的意料之內。」

「與其為騎士道而殉死，縱使有點卑鄙，但能讓己方平安無事還比較好喵。昴啾和由里烏斯哪邊是對的，端看看法而已。」

菲莉絲這樣的定奪拯救了昴，威爾海姆覺得理所當然，咪咪則是歪頭反問：「這有什麼問題嗎？」不愧是傭兵啊。

而不愧是傭兵這點，最值得一提的是堤比。在檢查完周圍之後，小個頭貓人就走近貝特魯吉烏斯的屍體，然後開始探索衣物內的物品。

那毫不猶豫搜屍的模樣，令昴忍不住驚愕。

「嗯──好像沒帶什麼值錢的東西。」

「怎、怎麼理所當然地就搜刮起屍體來啦，小不點。」

「我不是小不點，我叫堤比。反正人都死了，我只是檢查他的隨身物品。」

以熟練的動作探索染血法衣的深處後，堤比冷靜地檢視戰利品。咪咪也是這樣，這對傭兵姊弟的我行我素個性完全背叛了外表的可愛。

法衣衣內意外地深，將東西從中取出的堤比手上甚不得閒。話雖如此，搜出來的淨是些普通的東西。

「攜帶食品和拉格麥特礦石……哦哦，還有帶錢包。」

「真訝異道具欄裡的物品出乎意料地像市井小民。不過，掠奪是傭兵的文化嗎？」

「搜刮戰利品只是再正常不過的權利。……這是什麼？」
做出當傭兵討生活的言論，幾乎搜刮完的堤比最後抽出的是一本黑色的書。看到那個，昴驚呼：
「啊！那本書八成就是貝特魯吉烏斯說的『福音』。」
「喵！這是福音!?嗚哇啊，我碰到了！」
被昴一說，堤比立刻就把書扔出去，慌慌張張的樣子像極了小動物。昴邊苦笑邊撿起書。
「我同意持有者很噁心，不過不可以亂扔書喔。就算是可疑的書也一樣。」
「我、我覺得不要碰，趕快丟掉比較好喔。碰到的話，搞不好腦袋會變得怪怪的……！燒、燒掉會更好……」
「怕成這樣卻還敢搜刮屍體……裡頭的內容都看不懂呢。」
不用堤比的擔心，昴翻閱福音，但很遺憾看不懂上頭的文字。那是不屬於I文字、RO文字和HA文字的神秘文字。有些字看起來像寫得龍飛鳳舞的平假名，但太龍飛鳳舞了，最後還是看不懂在寫啥。而且書的後半部都是白紙，就算說這本是缺頁瑕疵書也不奇怪。
「……嗯，看不懂，我承認自己不夠謹慎，但還請兩位冷靜。」
「——失禮了。」
「是昴啾不好。」
毫無戒心就攤開書來看的昴，使得面前的威爾海姆和菲莉絲擺出戰鬥姿態。

雖然只有一瞬間，但劍氣和敵意都是真的。對此嚇破膽的昴把手中的書伸向他們，疑惑地詢問。
「兩位對這本書有什麼頭緒嗎？」
「慢著！不要朝著這邊喵！昴啾也是，不要做出翻閱『福音』的白癡之舉！你真的什麼都不懂耶！」
面對舉向自己的書，菲莉絲氣得要命同時背過目光。驚人的是，連威爾海姆都背過臉表達對這本書的排斥。
「提比的反應也是這樣，這本書真的這麼危險啊？」
跟字典差不多大也差不多重，裝訂很普通，就像處處都有的書。要是書皮用的是人皮的話就真的像魔女教了，可是看起來又不是。
不過除了昴以外的人，全都用皺眉這種簡單易懂的方法表達厭惡。
「那本書……『福音』是每一個魔女教徒都一定會持有的教徒證明。所以對他們來說可能是教典之類的東西。」
「教典……？」
「根據傳聞，有可能會加入魔女教的人就會收到『福音』。而收下的話最後……唉呀好神奇，虔誠的魔女教徒誕生了耶~就是這樣喵。」
「啥鬼!?」

出乎意料又反差過大的話，讓昂提高聲音反問。

魔女教徒那麼詭異又可怕，根本無法理解他們在想什麼。但他們原本也是普通的人類，以收到這本書為契機而整個人驟變。深究這段話，可以考慮「福音」對於閱讀過的人具有洗腦效果。若是這樣的話，魔女教徒大多都只是被洗腦過的普通人──

「如果是這樣，那被活埋在洞窟裡的人有可能是被牽連到……」

「昂殿下，不是那樣。收到『福音』的當下，他們就已經沒法再恢復了。無辜人民被洗腦成百般順從的教徒……但沒有拯救他們的藥方。昂殿下覺得那名大罪司教看起來正常嗎？」

「當、當然不，……我覺得他是例外。」

思考離後悔只差一步就被硬生生停住，昂無力地閉上嘴巴。

貝特魯吉烏斯超脫常軌的狂態，雖說形式有別於洗腦，但仍舊是將魔女教危險的精神性質具體化的例子。老實說，要拿他作為方才爭執結論的根據，內心還有點抵抗。

「在擔任引誘白鯨與魔女教的任務上，毫無疑問是大功一筆喵……不過也因此昂啾很危險，最好小心不要收下『福音』喔。」

「我也如此請求。在下不希望做出斬殺昂殿下的行為。」

「我會努力，但問題是我小心有用嗎……？」

物品寄出與否端看贈與者的心情。對方若真的有心要挖角，自己接不接受是其次，但被同伴責備這點叫人悶悶不樂。

為自己被指責一事嘆氣，昴俯視感覺突然變重的書。

「這書……先收起來吧。就算我看不懂，搞不好會在哪派上用場。」

這是大罪司教的持有物，說不定有人可以解讀這本「福音」，屆時就能接近魔女教的實狀。

懷著這種期待而收起書，但三人看著昴納書入懷的視線裡始終充滿懷疑，簡直就像在看一個不知道自己拿著炸彈的笨蛋。

「好啦，還有什麼值得注意的東西嗎？要是他帶著有做據點記號的地圖，那接下來可就輕鬆了。」

「沒有找到那類東西。除了那本福音書，應該就只剩那件衣服了。」

重振精神的昴問，堤比確認過搜刮的戰利品後回答。

只著輕裝，就這點來說貝特魯吉烏斯的裝扮確實有叫人在意之處，但是被切掉脖子的死人是不會回答任何問題的。

「欸─欸─已經好了吧？在這邊嘰哩呱啦也不是辦法吧？差不多可以回去大家那邊咧？」

沒參與之前的對話，負責把土蓋在屍體上的咪咪一臉厭倦地說。她用伸出衣襬的尾巴指向被整個埋起來的貝特魯吉烏斯，說：

「敵人已經死透了，該去確認其他人殺過人了沒。欸─快點啦！走啦！」

「說話方式天真可愛，但內容卻很可怕。跟外表可愛度成正比，妳的角色落差讓我大受衝擊喔。」

「嘿嘿—說人家可愛人家會害羞—！」

只聽好的地方而害羞的咪咪，讓昴只能苦笑。不過她說的話確實是個好契機。是該辭別這裡，和本隊會合了。

「────」

昴回過頭，望著沉默寂靜的戰場。

洞窟被土石掩埋，貝特魯吉烏斯的屍體也沒爬起來。老實說，沒變成殭屍片那種劇情是有點掃興，不過也是理所當然的結果。

位置被鎖定，部下在一開始的動作就被擊潰，絕招又不管用，在做出任何行動之前就被殘殺的貝特魯吉烏斯──直到最後都不知道發生了什麼事吧。

說起來，「死亡回歸」是能夠發揮接近預知能力的異能力。

因此才能完全封殺他的一舉一動，也意味著可以完勝魔女教。

雖然意味如此──

「不過不可能這麼順利吧……是我做的耶？之前不管怎麼努力，最後都會被結果給背叛。……沒可能這麼順利……一定是哪邊有洞穴陷阱……」

「是在疑心生暗鬼啥啦喵！快點走啦。還有事要做吧。」

「好、好啦，我知道。……我知道啦。」

見昴無法完全信任自己的戰果，菲莉絲賞他個大白眼。昴聽了菲莉絲的話後點頭，邊抓頭髮邊背對岩區。
贏了。沒錯，應該是贏了。沒有發生任何意外，然後贏了。這樣有什麼不好？
「——還是他會看準沒人盯著自己再復活⁉」
「你從剛剛就想幹嘛啦！菲莉醬真的生氣囉！夠了——！」
「好痛好痛好痛！」
昴又因多疑而回過頭，結果被菲莉絲一把抓住頭髮拖走。雖然再正常不過，不過埋在洞窟裡的教徒和貝特魯吉烏斯的屍體都沒有任何變化。
這次可以真正放心了。而最要命的——
「哥—哥很吵，那小心起見——！」
說完，咪咪手上的杖尖放出魔法——貝特魯吉烏斯的屍體連同墓碑被一同炸爛。
這次真的是無後顧之憂，因為魔女教大罪司教「怠惰」貝特魯吉烏斯被徹底粉碎。

3

「看這樣子，你們那邊也帶了好消息回來。」
由里烏斯用清爽的微笑迎接打敗貝特魯吉烏斯的一行人。
討伐隊的陣地位在森林外頭、遠離街道的草原上。為了不被躲在森林裡的魔女教徒發現，所以要盡量避免太多人進入街道和森林，以免引人注目。

話雖如此，首領貝特魯吉烏斯已死亡，剩下的「手指」不消多時也會察覺到異狀。因此接下來務求慎重與大膽求快。

「途中所發現的『手指』的據點怎樣了？」

「那邊由分隊繼續監視，有什麼事的話會有聯絡的。不過另一分隊運氣不好碰到對方的偵察兵，因此發生交戰。」

「真的嗎⁉那後來怎樣了⁉有人被幹掉還怎樣嗎……」

還以為鐵定是平順的報告，所以一聽到交戰昴就感到焦躁。不過由里烏斯對著逼近的昴苦笑。

他用手整理有點亂掉的瀏海，手貼自己的騎士劍並微微傾斜。

「放心吧。雖然魔女教徒中是有幾名高手，但都被打倒了。他們的根據地已經被掃蕩，所以剩下的『手指』應該還有九隻。」

「……沒人受傷吧？還有，有讓敵人逃掉嗎？」

「你擔心的事全都沒發生，儘管放心。」

由里烏斯不是那種會試圖隱藏失態的卑劣小人，所以聽到沒人受傷，作戰也沒失誤後，昴就暫時安心了。他的反應讓由里烏斯輕泛苦笑。

「你們那邊的狀況呢？打敗大罪司教的過程是按照計畫進行嗎？」

「威爾海姆先生砍斷他的頭，屍體又被魔法炸個粉碎，所以應該是沒問題了。……應該是吧？一般來說，應該是不可能再作亂了吧？」
「應該有親眼目睹的你為何會如此不安？我實在搞不懂。」
聽見昴那依舊忐忑不安的疑慮，由里烏斯疑惑地皺起眉頭，然後就這樣看向昴和他身旁的菲莉絲。
「……還有，慎重以對這點我不是不瞭解，但毀損屍體有欠優雅。菲莉絲，明明都有你跟著了。」
「抱歉喵。雖然菲莉醬拼命阻止，但昴啾他……」
「不要講得像是我的暴力性格引發的慘劇！還有你那無意義的演技是怎樣！先聲明，幹下那好事的是你那邊的貓姊弟中的姊姊！」
由里烏斯譴責他們對死者的暴舉，對此菲莉絲眼泛淚光出賣昴，昴則是抗辯並且指向一同回來陣地的真兇咪咪。
順帶一提，做過頭的咪咪被同行的人責備而鬧彆扭，現在正縮在堤比的背上賭氣睡覺。她鬧起情緒來，甚至不願意自己行走。
「原來如此，是咪咪啊，那就沒辦法了。她也有她的考量吧。」
「她的兩個弟弟就算了，不覺得你和安娜塔西亞小姐都寵她寵過頭了嗎？」
「沒那回事也沒那打算。是說威爾海姆大人，大罪司教……」

閃躲昂不悅的目光，由里烏斯呼喚威爾海姆並使眼色，察覺到的威爾海姆點頭道：

「身首異處，毫無疑問沒有生命跡象。我不知道世上有哪種生物都這樣了還能活著。」

「那我就安心了。既然威爾海姆大人這麼說就絕對不會有問題。——這次由『怠惰』主導的魔女教活動，由我方取得致勝先機。」

「你根本信不過我的回答吧!?我可不是去玩，有睜大眼睛好好確認過屍體的！而且還看了兩、三次！」

「沒有向菲莉絲確認，希望你能想成是我對你的誠意。」

「誠意的誠，跟誠實的誠都是同個誠呢？你知道嗎？」

由里烏斯毫不退讓，昂額冒青筋反駁。但是由里烏斯絲毫不理睬他，而是朝其他待機中的騎士和傭兵們舉起手。談話聲以此為信號中斷，接著他將聚集目光的手比向昂。

「他們也在等同樣的報告，我認為應該由你親口傳達。不是嗎？」

「是沒錯，不過被你岔開讓我很不爽。」

「無聊的堅持喵……」

昂和由里烏斯的無可救藥爭論，令菲莉絲翻白眼。

「男生真的是白癡耶。特別是昂啾，是白癡中的白癡。」

「男人的堅持從外觀來看很多都是無聊的事。菲莉絲，你心裡難道沒個準嗎？」

「……誰知道。說不定就是有那種固執己見的人。」

菲莉絲回答威爾海姆的話顯得含糊。像要避開觀察自己側面的老劍士的視線，菲莉絲大聲嘆氣。

身後進行這些對話的同時，昴朝著看著自己的眾人報告作戰始末。

「就是這樣，事情大致照著預定進行。大罪司教，被殺死了！」

「哦哦──」

比手畫腳的逼真說明，以及成功殺掉本次作戰關鍵的大罪司教，使得只能心急等待的他們都面露喜色。

「等、等一下等一下！不可以大聲喧嘩！會被他們聽見的！」

「──！」

要是發出歡呼聲，那陣地設在森林外頭就沒意義了。不管怎樣，可以肯定的是這是對所有人最好的結果。

「既然做掉了，剩下來的殘黨就好解決咧。不快點解決大小姐就要變老太婆咧，所以卡緊。……啊，這是偶的招牌笑話。」

「怎麼說呢，好笑的方向性很囉唆。……是說，這題外話啦。」

撇開里卡德的感性不談，想要立刻早早動手是事實。但是很遺憾的，剩下的工作也沒像里卡德說得那麼簡單，這點也是事實。

「即使打倒了貝特魯吉烏斯，也不代表解決一切。」

「要是被戰勝的心情沖昏頭而絆倒的話就丟人現眼囉喵。畢竟就算知道大罪司教死了，剩下的魔女教徒八成也不會撤退喵……」

「對方是魔女教徒，不要期待他們會正常思考比較好咧。」

彷彿在肯定昴的擔憂，菲莉絲和里卡德接著說。其他人也都贊成這些意見，沒有人因為首戰勝利就面露鬆懈。

昴也反對扔著不確定要素不管，就算是殘敵也應該要踏實應對才行。

「首先，以擊潰正在監視的『手指』為最優先。還有，有沒有人堅持魔女教徒要全部殺掉的？可以的話，我希望能盡量捉些活口。」

「他們可是會自殺的喔～。……是說昴啾一直都很天真呢。」

聽到昴提議活捉，菲莉絲不滿地嘟起嘴唇。那不是反對活捉這意見，而是厭惡魔女教徒為了封口不惜自戕的生存方式。

對身為治癒術師的他來說，魔女教的狠毒是難以接受的事吧。

「菲莉絲的擔心我懂。但是，假如能不奪人性命就解決的話就該這麼做。帶著活捉的念頭來應付殘存的魔女教徒，這點我也贊成。但是，別忘了最優先要保護的是我們本身，千萬不可以本末倒置。」

由里烏斯顧慮不開心的菲莉絲，同時也贊同昴的意見。

「──還有，雖說以先發現的『手指』為優先是理所當然，但現下應該馬上就要和你籌備的龍車會合，這點還請不要忘了。」

「對喔，還有這件事。」

被由里烏斯的話提醒，昴這才想起要與討伐隊會合的別動隊。

向滯留在附近的旅行商人徵召用來讓愛蜜莉雅他們避難的龍車。話雖如此，在殺掉貝特魯吉烏斯的現在，魔女教只剩下殘黨，說不定沒必要讓所有人都去避難，這樣可能是白跑一趟。

「以規模來說，要讓請來的旅行商人們和討伐隊一起行動會很困難吧。看是要在陣地待命，或是按照預定進入村莊讓村民避難都可以。不過後者要避免因大量人馬過境而造成混亂。你怎麼看？」

「怎麼看……什麼意思？」

「如果是由村莊和宅邸都熟識的人去勸說的話，我認為就不會發生無意義的混亂。」

「──────」

在由里烏斯迂迴的誘導下，昴緊咬嘴唇忍住情感。他說的非常單純又簡單易懂。──現在的話，昴有回宅邸的正當名義。

考量到要有人負責向村民和宅邸的人說明，就這點而言，昴十分適合擔任前往宅邸的使者。

但是──

「別公私混淆了，我還有該做的事。」

「你應該也很著急，相信在場的人都不會說你是公私混淆的。」

「我可是釣出魔女教的誘餌，這責任最重要。……而且，我還沒有回宅邸的資格。」

搖頭拒絕由里烏斯的提案，昴凝視森林彼方──宅邸的方位。

方才的提案是由里烏斯的貼心。就算是昴，個性也沒扭曲到質疑裡頭有無惡意。只是，自己沒有顏面回去這點也不是騙人的。

「都做了這麼多，怎麼還會這麼想？」

聽了昴的感想，菲莉絲圓睜雙眼，一臉不可置信地說。他會這麼說，是因為他知道昴一路走來付出的辛勞。

與庫珥修陣營結盟，協助討伐白鯨，擊敗大罪司教「怠惰」。如果只看功績的話，是值得稱讚嘉許的大功勞吧。

但是，即使做了這麼多，昴依舊無法抹消自己的愚蠢。

「不管怎麼做過去都不會改變。──曾經做過的事，是不會消失的。」

「──────」

「這是之前被安娜塔西亞指點的。雖然嚴厲……但我也這麼認為。在我『至今』所累積的言行裡，也塞了許多蠢事。所以我做的事，可不容許我半途而廢。」

其實被說教是在前一輪迴，因此在這世界是沒有被安娜塔西亞如此嚴厲斥責的，但在昴的心中並非如此。

即使沒人記得，昴也不會忘記，因為那是不該忘記的事。

「所以回到原本的問題……收拾完森林裡所有的魔女教徒吧。」

「既然你這麼說就這麼做吧。原本有你在，這件事就對我們有利是事實。」

昴辭退回宅邸的任務，由里烏斯尊重他的選擇。周圍的人大致上也都對昴的主張表示理解，只有菲莉絲，從頭到尾都一臉不滿。

「都做了這麼多了，還有什麼好不安的……明明可以見到喜歡的心上人，卻用那些狗屁理由來拒絕，菲莉醬實在是不懂。討厭的話不幹就好啦……」

「不要挑人語病啦。而且我又不是討厭，你懂的吧。」

「不懂啦。菲莉醬又不曾跟庫珥修大人鬧翻。可以見到想見之人的時候卻不去見面，到時昴啾就知道後悔了。」

「……不要抓人語病啦。」

生氣的菲莉絲說的話，或許是接觸大量人類生死的治癒術師的經驗談，而且還是十分含蓄的話。

「昴殿下，不需過度深思煩惱。年輕時，因為感情用事導致心情錯身而過的例子屢見不鮮。不過即使如此，一切並非無可修復。」

「哼~威廉爺也有點太寵昴啾了。」

「這樣講的話，你就是對昴殿下有點太過嚴苛了。——雖然會變成這樣的理由，多少也心裡有數就是了。」

「……不要講得好像自以為很懂的樣子。」

威爾海姆的話讓菲莉絲一臉尷尬地沉默下來。夾著昴進行的對話，看來蘊藏著只有深入來往過的彼此才能懂的想法。

即使不懂箇中內容，昴還是朝著威爾海姆輕輕揚手。

「謝謝你的補充，心情變得比較輕鬆了……我也不是沒有不在意這件事啦。」

「若能讓您寬心就再好不過。畢竟，若老人的一句忠告便能讓男女錯過的感情連結在一起，就不會有很多人為同樣的事情煩惱了。」

「威爾海姆先生跟夫人吵架的時候，心情也會很沉重嗎？」

威爾海姆的話格外有真實感，於是昴帶著興趣反問。結果威爾海姆閉上眼睛回想往昔。

「當然。以我的狀況而言，惹怒妻子的話在物理上無法戰勝，所以經常是被強制打趴在地。」

「劍聖果然不是蓋的呀!?」

「之後就是用力將她抱在懷裡，直到怒氣消失之前都緊緊抱著。」

「果然又是用妻子放閃啦!?」

放閃話題火力全開，威爾海姆的表情帶著輕鬆愉快。

對劍鬼總結過去關係的態度懷著羨慕，昴用力拍自己臉頰。這是威爾海姆笨拙的貼心，如果不能回應他的關心，就是男人之恥。

「這是兩碼子事，人家還是認為是昴啾想太多了。」

「不是不是，我哪會想到有人能自然而然就……用老婆放閃囉？」

「——好了，出發的準備似乎已經差不多了。」

昴畏畏縮縮地問，威爾海姆佯裝不知，看向待機中的隊員。就如劍鬼所言，大家都已做好萬全準備應付下一次出陣。

從好的地方來看，大家的表情都不帶緊張，是因為都在配合威爾海姆的關心吧。也就是說，昴被許多大人給關心。

「總覺得——我都在講幼稚的話呢……」

以大人的目光看來，拘泥小事的自己會被這麼想是很正常的吧。

即便如此，要是沒有這些堅持，自己就不是菜月・昴了。

「唉喲，總而言之就是這樣……為了讓我和愛蜜莉雅醬能夠快樂再會，麻煩大家幫點忙囉。」

「要是那是你的目的，我多少會感到有些無力。」

昴為了帶過害臊而耍的嘴皮子，被由里烏斯這樣回應。頓時，在場所有人都笑顏逐開，並以此為契機開始行動。

——殲滅剩下的魔女教，所有人平安無事迎接勝利。

辦得到的。當時的昴對此深信不疑。

4

之後的「狩獵魔女教」進度快到叫人掃興。

再度出發的討伐隊首先前往的，當然是已經發現的「手指」的所在處。

在討伐貝特魯吉烏斯前先遇到的「手指」據點──討伐隊監視的是在樹叢中紮營、四周視野開闊像是對方的前線據點。

但是──

「喲──是我，大家好嗎？」

「────」

昴一裝熟現身，在場的所有魔女教徒都盯著他看。他們投射過來的不是敵意，而是無法理解的單向集體意識。

假如昴在不知道他們的犯行下被認定是敵手的話可能還會有罪惡感，但是，昴知道他們的殘忍活動結果，所以明白他們是不值得同情的邪惡份子。

「抱歉騙了你們……但對不起，騙你們的。我一點都不覺得愧疚。」

昴用三白眼瞪向杵著不動的魔女教徒後這麼說。等他們對此惱怒進而察覺到昴的敵意時，已經太遲了。

——幾道銀色閃光在戰場交錯，反應慢一拍的魔女教徒紛紛倒下。

「比想像中還要來的……」

「嘎哈哈哈哈！怎麼著怎麼著！魔女教竟然是這副德性咧！欸，小哥你的功勞可是大到沒得比耶！」

僅僅數秒就鎮壓了據點。斬殺幾乎沒有抵抗的魔女教徒後，由里烏斯檢視四周，扛著大砍刀的里卡德則是開心地露齒大笑。

原本設在林地內的這個據點，應該是在被襲擊時會立刻放棄的陣地。開闊的地形利於分散逃跑，萬一讓敵人跟其他據點會合，我方的存在就會曝光，還好沒發展成這樣就結束了。

這全是因為他們被魔女教殺手菜月・昴的存在給吸引，進而導致的結果。

「說是這麼說啦，但我自己也沒想到這麼有效。」

目睹壓倒性的戰果，昴比任何人都還要膽戰心驚。

討伐隊裡沒有人受傷，也沒讓任何敵人逃亡，完美地取勝。而昴是其中的大功臣，已經是無人懷疑的事實。

只不過，昴能做的就只有接觸敵人並使之混亂，之後什麼也幫不上忙。而要說這意味著什麼的話——

「——啊啊，討厭！這邊也沒救了！這個也是！這些傢伙，搞什麼鬼啊！」

發出近似哀嚎的怒罵聲，尾巴的毛都豎起來的菲莉絲原本在綑綁魔女教徒，但好幾名黑衣人都倒在他腳邊一動也不動。

「自殺了嗎。」

穿過怒氣沖沖的菲莉絲身邊，威爾海姆掀開倒地黑衣人的黑色帽兜，結果出現一張沒有任何特徵的中年男性的死亡臉孔。眼、鼻、耳朵都冒血，看不出感情的撲克臉死樣叫人印象深刻。

「舌頭沒事，也不像是自刎。」

「八成所有人體內都嵌入魔石，一旦發動，毒素就會流遍全身而死。若不在死前分析魔素解毒的話就來不及解救，但他們卻又每個人各弄一個術式在身上……費工到惹人嫌的地步！」

確認已成死屍的男子的腹部後，發現褪色魔石的菲莉絲氣憤地咒罵。

自殺的魔女教徒有七人，但在據點裡的十名教徒身上一定都有嵌入魔石。

「不僅如此，其他的『手指』有可能也全都這麼做。……竟然有連菲莉絲都沒法阻止的自殺之毒啊。」

「不可原諒，這種行為根本是褻瀆生命。他們到底在想什麼……！」

在昴的驚嘆下聲音顫抖的菲莉絲，用手背粗魯地擦去激動冒出的淚水。這個動作，讓噴到手上的血弄髒了他的白皙臉頰。不過，對玩弄性命之舉而燃起憤怒的側臉，雖然可怕，卻又帶著尊貴之美。

那是治癒術師，比任何人都深知生死無常與奇蹟的菲莉絲才能到達的境界，旁人只能從中窺見他在有別於劍與魔法的戰場上的覺悟吧。

「——」

站在氣憤之人的身旁，昴的目光離不開被排成一排的魔女教徒屍體。自身的存在成了王牌，為己方帶來不費一兵一卒的勝利戰果——但任誰都一目了然，昴的樣子絲毫沒有那樣的從容。

他逐一剝下屍體的帽兜，裸露他們生前遮掩的臉孔。但是出現的盡是平凡男女的面容，讓人難以置信他們是傾盡心力在魔女教活動上的人。

「昴殿下，不要太過直視比較好。」

彷彿要遮住視線，威爾海姆搖頭擋在昴的前方。

「看不慣的東西，沒必要刻意深入。假如覺得有責任或罪惡感，那都是不必要的情感。」

「他們就是這麼讓人不屑的敵人，是嗎？」

「正是如此。」

毫無猶豫的斷言，是威爾海姆對昴的關心。昴想要苦笑回應他這聳動的關心，卻失敗了，只好為這樣的自己嘆氣。

「我並不是被同情或罪惡感給擊垮啦。我好歹也知道那是不必要之舉。」

昴沒有悼念魔女教徒之死的資格。就算有也不會去悼念，因為拜託討伐隊殺光他們的不是別人，就是自己，因此那種蠢事昴做不出來。

只是，看過魔女教徒的屍體後，昴對習慣「死亡」的自己產生一種不快感。

「明明不管過多久，對自己的死亡都沒法習慣……」

已經體驗過「死亡」十次以上的昴，還是無法習慣「死亡」。自身「死亡」的喪失感總是很新鮮，對「死亡」的恐懼也是永遠都不會稀薄的吧。

然而，自己對他人的「死亡」卻逐漸麻痺，這使得昴恐懼自己的內心。

「並排在這的屍體看起來就像人偶……感覺好可怕。」

「……確實如您所言，或許他們活著的方式就像是人偶。」

可是，昴這樣的感傷卻沒能正確傳達給威爾海姆。他那稍微偏離的理解，讓昴這次真的流露出苦笑。

這是理所當然的價值觀差異。以現代日本人的感覺去感受生死的昴，以及在戰場上看遍無數生死的威爾海姆，看待「死亡」的態度不可能一樣。

因此這份認知的鴻溝無法填補，也沒必要填補。

「魔女教徒……」

苦笑反而使威爾海姆蹙起眉頭，於是昴刻意不岔開話題，繼續說下去。

望著他們的屍體時，除了「死亡」，還冒出其他疑問。

「他們是為了什麼而這麼做呢？魔女不是被世人厭惡的不可理喻存在嗎？為什麼他們卻為之心醉神迷？」

「────」

這樣的低喃讓威爾海姆眉心的皺紋更深了，周圍聽見方才對話的人們也面露嚴肅。結果，打破這片沉默的是少年的稚聲。

「──不就是希望毀滅嗎？」

說話的人，是正在保養自己的杖的堤比。幼貓沒有抬頭，微微傾斜戴在臉上的單邊眼鏡，說：

「魔女教的行徑惡劣是世界皆知，但信仰入教的人卻絡繹不絕。……我是覺得很奢侈啦。」

「奢侈？」

「我只是覺得為了自滅而行動，是有思考餘裕的人才會有的選項，可不是為這些人著想。」

直到最後都沒抬頭的堤比也陷入沉默。可愛的幼貓側臉拒絕被繼續深究，可以想像他可能有段沉痛的過去。

「嗯─？什麼─？哥─哥，怎麼了呀？」

而應該有過同樣遭遇的咪咪，卻對弟弟的話毫無反應，所以無從推測他們那段過去的詳細。

不管怎樣，堤比的話給了重新思量的題材。

「對一切絕望而期望毀滅……是嗎。也不能說完全不能理解啦。」

縱使會牽連所有，也想把一切化做渾沌的心情。只要是被逼到絕望的人，都會有過這種想毀滅一切的念頭吧。

昴在這方面的傾向特別強烈，因此不能說無法理解。

「──要說完全無法理解他們，這種話我說不出口。」

聽了昴這樣的低語，菲莉絲用嚴厲的目光瞪過來。檢視完魔女教徒的屍體後，疲勞和憤怒尚存的臉蛋惡狠狠地瞪著昴。

「跟魔女教徒最好連一根頭髮都沒法理解，不然的話會被他們的黑暗給吞噬的。……昴啾尤其特別危險，要小心。」

「不用你叮嚀那麼多次我也知道，是說那個懷疑的眼神差不多可以收起來了……我剛剛也只是有點在意。」

對菲莉絲的嚴厲舉雙手投降，昴邊解釋邊再度凝視屍體。

魔女教徒裸露出來的臉孔，有男有女有老有少。難以想像他們是以何為契機、在何時加入了魔女教。想到就覺得可怕，將他們視為無法理解的怪物才是聰明之舉吧。

但只有昴，成為他們「死亡」扳機的昴，若將他們的「死亡」視為無法理解的怪物之死的話，不就是一種逃避了嗎。

「昴啾？」

「沒事。魔女教徒有沒有帶著什麼可以當作情報的東西？」

「……他們很細心，除了武器以外什麼都沒帶，甚至沒人攜帶福音書，簡直就像打從一開始就沒有要回去的念頭。根本是在整人。」

沒有情報也沒有成就感。菲莉絲話中的怒氣和敵意，都是因為心神難以鎮靜下來的緣故吧。

既然如此，就暫且由他擔任氣惱魔女教徒的角色吧。

「我負責冷靜。──那麼，該去別的據點了吧。」

昴當場活動膝蓋伸展雙腿，將意識切換到正式的誘餌作戰去。

跟據點已被攻破的貝特魯吉烏斯以及這隻「手指」不同。從現在開始，「釣出魔女教」作戰才要來真的。

為了找出新的釣魚點，所以由昴先走一步搜索森林。

「等著瞧吧，你們如意算盤敲錯了。不要小看我同伴的力量……！」

「這說法，都不知道你是幹勁十足還是提不起勁咧。」

將幹勁全都交給他人的宣言，讓里卡德聽了很傻眼。

不過，跟昴這樣的軟弱發言成對比，進攻速度快到沒法擋。

5

「──昴，已經跟部屬在外頭陣地的旅行商人會合了。」

由里烏斯這樣報告時，是在討伐隊毀掉第四隻「手指」之後。

繼森林裡的據點後，河岸和沼澤這兩處的據點也被毀滅──至此可以得知一些魔女教相關的事：首先是被稱做「手指」的團隊，其據點一律部屬十人，以及少了大罪司教後，這個團體就脆弱得超乎想像。

這次計畫要侵襲宅邸和村莊的魔女教徒，對計畫外的狀況應對能力十分低下。雖說昴身上有魔女香氣，但他們對第一次見面的昴幾乎可說是百依百順。

昴的誘餌作戰已經不是效果顯著，而是根本順利到不行的地步。

「哦哦！終於到啦！」

順利過頭而暗自得意忘形的昴，聽到這報告後聲音雀躍不已。

雖然籌備避難用龍車的人是自己，但其實有沒有旅行商人會當真還是個未知數，所以聽到事前準備功夫有了結果，不安的心情也就暫時安定下來。

「狀況順利到可能會讓集合起來的人白跑一趟呢。不過，既然他們能夠平安無事抵達，就代表平原完全淨空了。」

「這點是毋庸置疑。敵人絲毫不覺『霧』的計畫告吹，也因此對本來應該要封鎖的街道毫無警戒吧。就跟我們預料的一樣。」

「那傢伙也沒理由說謊。雖說唯一可以相信的貝特魯吉烏斯講的話太叫人火大，不過這方面算是好消息。」

狂人的發言裡頭沒有謊話。證明了這點，反倒產生難以言喻的心情。

不管怎樣，想去見見呼應自己的呼喚而聚集起來的旅行商人。畢竟會將他們捲入特異的狀況，所以有必要好好說清楚。

「我還想說為什麼要回陣地咧……」

中斷誘餌作戰，回到森林外頭的昴一臉困擾地抓頭。

原因出在集合起來的旅行商人團。龍車數量背叛昴悲觀的想像，總數達到十五輛。「貨物只要開價就買」的行銷手法奏效了。雖然沒有仔細數過，但阿拉姆村的村民不到百人——這些數量應該就夠讓村民避難了。

「不過，他們都擠在一起縮成一團呢。」

「畢竟被這麼嚴肅的氣氛迎接，也難怪會如此吧。」

聚集在陣地角落的商人團體，被騎士們嚴陣以待的姿態給嚇到縮在一塊兒。接納由里烏斯說的話，昴歪頭思考該怎麼向他們說明才好。

他們肯到這集合是很感謝，但是覺悟和商人魂是兩碼子事。

「我方的氣氛是這樣，要是知道敵人是魔女教的話，會不會有人就逃掉啦？」

「每個人的勇氣量不同，不過你的擔憂有可能會成真。」

由里烏斯一同意昴的擔心，兩人就聳聳肩膀。

原本，昴是打算在這向他們坦誠現狀並要求協助，只不過光看他們現在的樣子，很難想像會有幾個人有勇氣留下來淌跟魔女教有關的這灘渾水。

「要是他們逃了就傷腦筋了。先不提會失去撤村龍車的數量，還會被魔女教的殘黨察覺到怪異。」

雖然無情，但他們已經被捲入非常事態中。如果想讓不知情的人帶著幸運的心情協助我方，那不就該互相體諒嗎？

「我想的你不喜歡吧？」

「難稱優雅。不過，在非常時期過於堅持是愚蠢行徑。總之要視時間與場合。而這一次，我認為時間和場合的條件都有被滿足。」

「有夠愛兜圈子的，反正就是贊成嘛。」

取得由里烏斯迂迴的同意後，昴就以眼神探問其他討伐隊成員的意見。很幸運的，威爾海姆和菲莉絲都沒有反對，於是決定在隱瞞關鍵實情的狀況下向商人說明。

「原本讓村民逃走的情況也有可能不會發生，所以想成是預演排練比較好吧……」

為了避免無意義的混亂，隱瞞魔女教的事是必要的措施。講給自己聽後，昴就走向不安的旅行商人們。

「欸──謝謝各位遠道前來。基本上，發出那份佈告的人是我，所以由我來說明。」

「……是小兄弟你？」

看到作為代表走到前頭的昴，商人們都驚訝得面面相覷。那理所當然的反應讓昴聯想到討伐隊的人的臉而忍不住苦笑。任誰都沒想到代表竟然會是昴，而非年老的威爾海姆，也不是看起來就是騎士的由里烏斯。

承受這再自然不過的反應後，昴故意裝出洩氣的樣子，結果發現到排排坐的商人裡頭點綴著一些熟面孔。特別是正中央的人，昴最熟悉。

「你是……那個，雖然不記得名字，但你是一開始就介紹奧托給我的人。還有在第一次遇到白鯨時有幫我的人。」

「一開始？白鯨？你在說什麼？」

「抱歉，剛剛是自言自語。好啦，接下來就要講正經的。」

感慨深遠的發言令男性困惑，不過昴笑著帶過。順帶一提有找找看奧托在不在，但卻沒看到他。這次的命運交會點似乎錯過了有著大量庫存油的青年，叫人有點遺憾。

「反正，對大家來說重要的是洽商吧？被佈告叫來的你們，應該都同意『貨物開價就買』這條件囉？」

「啊，嗯，沒錯。是說那個條件不是唬人的吧？」

「當然不是。以此為條件，我想徵用各位的龍車當趕路工具。應該要這麼說——想請各位在搜山狩獵期間，帶著附近的村民離開。」

「搜山狩獵……？」

有人發出疑問，商人們全都對這個詞彙感到疑惑。

現在確實是為了排除魔女教而在進行搜山狩獵，只不過要是如實傳達的話，無疑是在他們的膽小火苗上倒油。因此，替代方案換成這樣。

「這片森林裡有叫做沃爾加姆的魔獸築巢。如各位所見，為此編列了規模相當的討伐隊來處理。而在我們搜山狩獵的期間，希望各位幫忙協助村民避難。」

──闡明遲了兩個月的事，昴若無其事地說謊。

「還真是相當真實的虛構內容。你有幻想和寫書的才能喔。」

「那算是稱讚嗎？」

耍嘴皮子把商人們蒙在鼓裡，順利讓他們幫忙的昴被由里烏斯這麼評價。視內容為挑釁，昴額冒青筋問道。

「算了喵，昴啾。這只是由里烏斯平常的樣子。而且菲莉醬也覺得你很常瞎掰喵。」

「你們……那不算是虛構的瞎掰話吧，是兩個月前真實發生過的事。」

不知道是有心還是無心調停，菲莉絲也給了難聽至極的評價，昴因此死心地這麼說，結果反而讓兩名騎士面面相覷。

「剛剛的話若是真的，那就代表這片森林有魔獸群居囉？」

「群居的說法還真奇怪，不過就是有啦。不過森林有用結界區分出人和魔獸的生活圈，所以這方面沒有問題，我們活動的範圍都在人類的領域裡。」

看到兩人眼中帶著警戒，昴快嘴說明周遭的安全。聽了說明後，由里烏斯放鬆肩膀的力氣，反倒是菲莉絲嘟起嘴唇。

「昴啾其實是想裝作無知趁機殺了我們吧喵？可以相信昴啾嗎？」

「你講得太難聽了！那個說著『相信我可是庫珥修小姐的判斷，所以不會懷疑』的你跑哪去了！」

「還不都怪昴啾這麼慢才講這種事，才會惹人懷疑喵。……事關魔獸，還把屋子蓋在群居地附近的梅札斯邊境伯到底在想什麼。」

瞪向宅邸的方向這麼說的菲莉絲，讓昴苦著一張臉。

老實說，羅茲瓦爾宅邸內的生活，對昴而言充滿了這個世界的常識感。因此還以為住家附近有魔獸棲息，但生活領域有隔開來是很普通的事。

「哪有可能有那種事喵。」

「魔獸的本能都是以殺害生物為目的，無一例外。他們不適合充當家畜和食用肉，就只是危險的生物。就算有結界，也不會有人想住在附近。」

兩人立刻否定，讓昴了解到宅邸和村莊的位置不合常理。看來羅茲瓦爾的奇特不只表現在外貌和性格上。

「再加上這次又不在家，要對那傢伙說教的話積到太多了……」

雖然感到厭煩，但昴將湧上來的疲勞感先擱置不理。姑且不論羅茲瓦爾正不正常，這次能夠做出有說服力的藉口都多虧了上次的經驗。

雖說引發這經驗是否有其必要，但現在先不去想那麼多。

「總而言之，旅行商人隊爽快地出借龍車了。話雖如此，搜山狩獵畢竟不能帶他們去，所以就先讓他們在陣地待機，有事才讓他們出動。」

「那要是不用避難，該不會就兩手一攤不給報酬了……」

「我會做那麼惡劣的事嗎！空頭支票也是支票，我會遵守約定的。……沒錯，約定很重要！懂嗎!?」

「懂、懂啦，有必要這麼兇地講嗎喵……？」

昴對約定這單字反應過度，菲莉絲被他這樣的氣勢給壓過，忍不住退縮。

而在這樣的互動旁邊，由里烏斯邊摸自己的瀏海邊望向旅行商人。

「不過，只留他們在這太不謹慎了。要是增派人手保護他們，就必須增加留在陣地的護衛人數。」

「哦，我想留個一半的人在陣地。反正就現狀而言，『釣魚』的方式讓戰力過剩，假如被『手指』發現陣地，我希望可以有攻打和逃跑這兩個選項……不過看你們啦。」

最後那部分昴沒什麼自信，對此由里烏斯閉上眼睛搖頭。以為那反應是否定，沒想到他卻接著說：

「好吧，就尊重你的意見。連同護衛的戰力，用一半的人架設妥善的防線。既然『手指』都固定是十人，那我方戰力只要多一倍就足以應付。」

「你的態度超難懂的耶。」

「那正是魅力所在，我常被人這麼說。」

「就是神秘感，不過僅限美男子，我懂。」

儘管意見被贊同，心情卻變得悶悶不樂的昴朝由里烏斯吐舌頭。

「搜山狩獵適合『鐵之牙』，護衛就讓騎士團留下，就朝這方向去做。」

雖非鶴鳴，但討伐隊的編制迅速地按照昴的發言來變更。

按照指示，二十名騎士作為十五輛龍車的護衛留守陣營。不過商人們的表情依舊不安，為了不讓他們害怕，昴只能故作開朗揮手走進森林。

有什麼萬一時，就需要他們的幫忙。雖說事前的諸多準備都以無用告終，但現在一定是自己最期望的發展。

而且事實上，他也確信是花了好些功夫才讓這不只是夢。

6

「這樣就是——第五隻！」

「誠然。」

甩去寶劍上的血汙，舞完劍的威爾海姆為昴的痛快點頭。

地點在森林西方的窪地，時間是剛擊破以此為據點的「手指」時。討伐隊絲毫不受人數減半的影響，第一擊就讓「手指」的團體半毀。而且敵人根本沒有重新振作的機會，在劍鬼和「最優秀騎士」的劍術前只能被一一砍倒。

「菲莉絲，怎麼樣？」

「……抱歉，還是不行。又死了。」

抵抗封口的行徑一樣沒能成功，氣餒的菲莉絲低垂眼簾，昴和由里烏斯都擠不出話來安慰。既然菲莉絲都辦不到了，那就沒人可以辦到。——只是這沒辦法安慰當事人。

「不要沮喪啦——轉換心情唄。走，去下一處囉。」

「喵!?」

里卡德粗魯地撫摸沮喪的菲莉絲的腦袋，強迫他纖細的身體挺直。菲莉絲一瞬間被這強硬的鼓勵法給嚇到，但馬上就拍自己的臉頰再度昂首闊步。看他那樣子，里卡德滿意地露齒一笑。見到這幅光景，就能夠理解里卡德不愧也是另一組織的首領。

「嗯—贏得太輕鬆身體都鈍咧—。堤比覺得怎樣—？」

「工作簡單輕鬆是好事。讓姊姊做危險事的大哥哥很煩，所以我可是幫了很多忙。」

「嗯嗯！明明是男生卻軟啪啪的咧——！」

奔放派姊姊和走理智風的弟弟，這對性格迥異的獸人姊弟在戰鬥中發揮優異的合體技。不論攻防都無隙可乘的咪咪，和意外具有攻擊性的堤比，在搭配上簡直是天衣無縫。

以實力和統率力領導團隊的里卡德，以及遵從他的強大副團長姊弟。他們跟威爾海姆和菲莉絲相比也毫不遜色，昴再次體會到他們也是難得可貴的同伴。
越覺得他們是可靠的伙伴，就越是忍不住去想……
「唉呀呀—解決完這件事後，就要跟這些傢伙恢復敵對狀態了呢。」
「已經在擔心未來的事，還真是從容呢。」
昴沉浸於感慨中，他身旁的由里烏斯正擦去劍上的血。清爽美男子用讓人感受不到戰鬥餘韻的優雅動作，翻動白色斗蓬衣擺。
雖然生氣，但由里烏斯說的很貼切。昴抓抓頭後別過視線。
「抱歉啦。可能太過順利，所以有點鬆懈。」
「還不到需要說抱歉的地步。事實上，我們的確不像是在趕進度。你為這份關係感到可惜的心情，我也不是不能理解。」
「……還真意外。」
原本以為會被挖苦諷刺的昴，聽到由里烏斯贊同自己的心情後忍不住驚訝。看到這反應，由里烏斯遺憾地聳聳肩。
「王選一開始，我們就是敵對陣營的關係。但是，即使站在相爭的立場，要是有志一同的話，依舊可以攜手合作。能在王選開始之初就早早實現這點的我們何其幸運，你不這麼認為嗎？」
「……那份幸運，我不認為適用在愛蜜莉雅被魔女教盯上的情況下。」

「這倒是。抱歉。剛剛是我思慮欠周。」

由里烏斯立刻為自己的失言道歉，然後邊摸瀏海邊嘆氣。那乾脆的態度，讓昴自覺到反射性就罵人的自己有多渺小。

講真的，昴和由里烏斯有同感。

當然，沒法無視逼近愛蜜莉雅和村民的威脅。想到未來的慘狀，幸運這兩字就算撕破嘴巴都說不出口。但是，去掉這些事情，跟聚集在這裡的幫手們的關係倒是不賴。

甚至到了等平安無事擊退魔女教後，會為再度分為敵我關係感到惋惜的程度。

「搞什麼，還真的在發呆煩惱這種事，白癡嗎我。」

不管過程多順利，問題都才解決一半。雖然贏了也不能鬆懈，但在還沒將死對方的階段就先描繪勝利光景，實在為時過早。

行得通！動了這個念頭後就是最危險的時候，這是古今中外的不變法則。

「──抱歉，我太鬆懈了。釣魚戰術又要開始了，拜託各位了。」

用拳頭抵著自己的臉頰，昴靠著這份痛楚再度啟動自己。

「釣魚」是以昴釣出魔女教的戰術，但關鍵在昴和魔女教徒之間不能有他人介入。因此在森林裡頭漫步尋找「手指」的期間，昴都是單獨行動──至少，看得見的範圍內沒有同伴的身影。

討伐隊就在昴的後方，保持中段距離尾隨在後。因為魔女教徒會像飛蛾撲火一樣靠近昴，所以都沒有察覺到其他人的存在。

而這次的狀況也一樣。

「哦——」

探索完森林西側，判斷要轉向河岸時，昴立刻感受到周圍空氣變冷，同時眼前滑出多道影子。

「——」

現身的魔女教徒有四人，是至今接觸人數最多的一次。跟開始「釣魚」後擊潰的三處據點不一樣的發展，讓昴的心臟強烈跳動。

「……唔。」

為防不測，有說好用手打信號。不過，「釣魚」只要失敗一次，就會讓剩下的「手指」產生懷疑，屆時與魔女教的正式攻防就不可避免。所以——

「——喲。你們正在巡視，沒錯吧？」

昴勉強拉長縮小的膽子，硬是朝對方微笑。

平時惡評如潮的笑容，在魔女教裡倒是大受好評。還是一樣，不說話也沒反應的魔女教徒即使人數居多，也沒有對昴展露敵意。

「這麼多人一起小心是好事，不過這邊沒事，沒有問題。所以可以回去你們的崗位上囉，嗯，快回去吧。」

「——」

「論地位我在你們之上喔？乖乖服從比較好吧？」

「────」

下了這道命令後，周遭的沉默對心臟造成負擔。其實，心臟正以緊張和不安為材料，加速跳動和加大音量，使得昴的後頸都被冷汗濡濕。

但是，這份窒息感沒有像昴的體感時間那麼久。幾十秒後，搞不好是十幾秒後，魔女教徒就恭敬低頭遵從昴的指示。

「──呼。」

變得僵硬的緊張從肺部獲得解放，昴擦去冷汗，然後用手打出「成功」的信號，接著就快步跟在移動的教徒後方。

基本上，步出森林的「手指」行動範圍僅在據點附近。恐怕他們不是在巡邏，單純是感受到昴的存在而湊近。而被昴要求回到巢穴，他們也毫不起疑就回去據點。

也因此，跟到據點所在位置要不了五分鐘。即使這次人數增加但也一樣──

「──!?分開了？」

想法被破解，四名教徒在昴追蹤的期間開始分頭行動，令昴愣住瞪大雙眼。

四人突然就分成三人和一人這兩組，踩著穩健的步伐朝不同方向前進。

「────」

一人行動和三人組，跟丟機率最高的是單獨行動的那個人。僅憑一瞬間想到這點的昴立刻打信號呼叫同伴，不到幾秒，「鐵之牙」的成員就降在他身旁。
「他們分散了。我去追那一個人，另外三人……」
「了──解。交給偶們吧。」
狐臉──如字面所述，狐人青年接受昴的指示，帶著幾名同伴朝三人組消失的方向追過去。
在看不見他的背影之前，昴說：
「絕對不可以出手喔。只要發現據點，就立刻回來會合。」
「好咧好咧。」
輕彈細鬚，狐人就這樣無聲躍進右邊的森林。確認後，昴也不能發呆，趕忙跟在單獨行動的魔女教徒後方。
很幸運的，馬上就追到那一個魔女教徒。昴慎重地追蹤緩緩往森林深處前行的影子，壓低姿勢用力擦掉快流進眼睛裡的汗水。
其實，昴隱匿聲息跟蹤魔女教徒的行為毫無意義。
昴並沒有隱藏氣息的追蹤技能，而且昴對魔女教徒來說根本就是藏不住的存在。昴跟蹤的行徑，八成早就被走在前頭的魔女教徒察覺到了吧。
即使如此他們什麼也不說，只會盲目遵從「地位高」的昴的指示。他們判斷昴莫名其妙的行動是對魔女教有利的。雖然看不出他們在想什麼，但大致還可以推測到這點。
──只是，假如真是這樣，那麼四人組分頭行動的理由就叫人在意。

雖非本意，但昴擁有匹敵大罪司教的命令權。不惜違逆昴的指示也要專斷獨行，其中理由引人費解。又或者這行為意味著自己錯漏了致命的錯誤，昴的心跳因此微微加速。

「──────」

凝神集中看清前方教徒的動向。可能過度使用眼睛，周圍的景色感覺怪怪的。明明森林的風景到哪都一樣，卻有種好像誤闖熟悉場所的錯覺，又好像踏進曾看過的地方──

「──這真的是錯覺嗎？」

走在不能稱之為道路的獸徑上，用蜿蜒的大樹樹根充作階梯，飛越腳下的深溝，跨過顏色鮮豔的蘑菇後，昴心中的不協調感轉為確信。

「不會吧！」

腦中的警鈴響到最大聲，昴咬緊牙根向前衝出去，用毅力硬是煞住差點滾倒的身子，一口氣穿越眼前的森林直到景色開闊處。然後──

「你們在幹什麼!?」

綠意自視野消失，灰色區塊闖入眼簾。

幾個小時前化為戰場的岩區，有著崩塌的懸崖和沒有墓碑的墳墓。但是蠢動的魔女教徒們正在挖開墓穴，試圖挖出埋在裡頭的狂人屍骸。

──這裡是貝特魯吉烏斯・羅曼尼康帝的埋骨之處。

「──────」

忍不住為眼前的光景叫出聲的昴，吸引了魔女教徒毫無情感的目光。挖洞的魔女教徒有九人，加上單獨行動的那一人剛好就是十人——是「手指」。

他們察覺到貝特魯吉烏斯的「死亡」！所以說，這隻「手指」得殲滅掉。

「——」

昴在心中歸納出結論，跟「手指」一齊動身幾乎是同時。知道貝特魯吉烏斯死去的魔女教徒，立刻朝昴伸手。

那是要奪取昴的性命，還是要捕獲能夠代替大罪司教的存在，已經不得而知。因為結果已永遠消失在前方的銀色閃光後。

血花四濺，眼前的魔女教徒被斜砍成兩段。黑影邊噴湧黝黑血水邊倒下，沉默的臨終斷氣揭開了戰火。

「昴殿下，請到背後。」

先發制人砍死一人的威爾海姆，將昴輕推至身後。穿過搖搖晃晃的昴身旁，里卡德的巨軀和由里烏斯的苗條身形各自衝向散發敵意的黑影。

——戰況根本是一面倒。

由於昴的衝動之舉，使得戰鬥在對等條件下開始。但是，討伐隊卻不將魔女教徒當作一回事，以壓倒性的戰力一口氣擊潰。戰鬥在短短幾十秒內就結束，倒在戰場上的都是魔女教徒的屍體。

「這些傢伙在這裡幹什麼？」

看到戰鬥結束後，昂於再度化為戰場的岩區出聲。

沒人回答他的疑問。魔女教徒都默不作聲，連最後一人都在奮鬥的菲莉絲懷中自戕。雖然打倒了新的「手指」，心情卻高興不起來。

「他們在挖地面，好像在找什麼……」

「那些傢伙在挖的是大罪司教的墳墓。說是墳墓，咪咪也只是拿土蓋在上面，後來還把那炸開。」

從被挖開的墓穴裡拿到地面上排列的，是狂人的一部份屍體。原本只是身首異處只有胴體的屍骸，在爆炸的影響下形狀變得更破碎。他們究竟想從等同肉片的東西裡尋求什麼，實在沒法推測。不過──

「……我有不好的預感。」

挖出被埋起來的大罪司教，尋找某物的魔女教徒，態度強硬到不惜違抗昂的指示，從事這份作業的理由。剩下的四隻「手指」──

「快跟另一邊追蹤三人組的人會合。快點！」

在心頭深處吵雜的不安不肯消失。

拳抵胸膛，昂強迫自己無視疼痛，趕赴和個別行動的狐人們會合。回到森林，從分開的地點追向他們。

相信等追到時，這份不安就會消失——

7

「————」

血腥味殘酷地瀰漫在這個空間裡。

微溫的熱氣飄盪在樹林間，被倒出來的內臟惡臭刺進鼻腔。四周散亂著鞋子和白色服裝，裡頭全都還有著「內容物」。

不留人體的原形，這說明是被異常力量給扯斷的。

「……好像沒有倖存者咧。」

站在愕然失聲的昴面前，抽動鼻子這麼說的人是里卡德。在獸人之中鼻子特別靈的犬人族，比在場任何人都先察覺到異狀而衝赴現場。

這句讓慢了一拍才追上的昴等人回過神來的話語，便是這悽慘終末的全貌。

「不、不治療不行……受傷的人，不治療的話……」

「偶說過了唄，沒有倖存者。這裡沒有傷患。」

里卡德收起平常的豪邁，朝著聲音顫抖的昴搖頭。其實不用他異於平常的態度提醒，現場的狀況一目即可確認。

原本在這的同伴全滅，沒有人存活。

「──狀況不對勁。再怎麼說都太一面倒了。」

「有道理。考量到『鐵之牙』的能力，很難想像會被這樣輾殺。」

突然被擺到面前的非現實光景，使得昴的思考追不上進度。但討伐隊撇下他開始討論。覺得奇怪的由里烏斯環視周圍，威爾海姆也同意他的意見。

騎士和劍鬼手持武器，邊為慘狀皺眉，邊披上劍氣。

「一面倒……呢。」

「跟你說的一樣。躺在這裡的就只有拉吉安他們、我們同伴的屍體而已。怎麼想都太不自然了。」

「──────」

「對手是魔女教徒，拉吉安他們不可能毫無抵抗就被殺。『鐵之牙』的精銳沒能斷送任何一名敵人……這怎麼也說不過去吧？」

由里烏斯為沉默的昴解釋，但昴沒有回應的從容。

畢竟各自在意的點不同。昴並非在思索眼前慘狀的不對勁，而是撞到更之前的衝擊後就不能動了。

「為什麼這麼理所當然……」

「昴？」

「趕過來時發現同伴死囉!?為什麼大家卻都不覺得怎樣……」

「發生的事不會改變，就跟過去不會改變一樣。」

昴說不出話。視線撇離他的由里烏斯走向菲莉絲。

一直都不出聲的菲莉絲，並沒有像昴一樣呆站原地。他巡視散落一地的獸人屍體，檢視他們的傷。

——把散落在各處的肉塊拼湊起來的話，就是五名同伴的身體。

由里烏斯說的拉吉安，就是被昴命令去追魔女教徒的狐人青年吧。想起他悠哉的面容和瀟灑的卡拉拉基腔，包含他在內的五名獸人，全都在這被悽慘地撕裂成沒法想像原形的樣子。

「菲莉絲，知道些什麼嗎？」

「……總之，沒有生還者。從傷口來看好像是被同個人弄的，但又不是利器造成的傷，當然也不是魔法。這完全是憑蠻力扯斷的。」

「也不像魔獸的做法，饒了偶唄。」

聽到菲莉絲淡然的報告，里卡德犬齒互咬咔咔作響。被那聲音拉回現實的昴，蹣跚地加入對話。

「你說被扯斷……不是被魔獸吧？」

「跟咬傷不同，所以不用擔心是魔獸。感覺像是一股怪力。不過應該是立刻死亡，所以八成沒受太多的苦。」

「……為什、麼、要補充這件事？」

「因為那樣講，昴啾的心情會比較輕鬆吧。」

菲莉絲安慰的寬心話，很遺憾沒有發生效果。

「死」就是「死」，有沒有受苦跟現在一點關係都沒有。昴救不了他們，白白讓他們死去的事實不容動搖。

「是我……要是我、更注意點……！」

「昴殿下，我了解您懊悔的心情。不過，現在不適合。」

「威爾海姆先生……」

「魔女教的據點恐怕就在附近。我方有人被殺，對方又佔有地利，還請重新振作。」

抓住快要當場跪地的昴的肩膀，威爾海姆搖頭制止他後悔。

劍鬼的話很絕情，卻也是事實。現在若因同伴的死而駐足，就等於縱容危險迫近其他同伴。要後悔或動搖，都等之後再說。

處在附近的是已經進入交戰狀態的「手指」。跟在岩區的「手指」一樣，昴在這已經幫不上忙，只是絆腳石。

「先撤離這裡唄。就算要殺敵，也得先重來。」

微抬下巴，里卡德宣告要先脫離這慘景。沒人持反對意見。由里烏斯和威爾海姆不用說，安慰哭泣的堤比的咪咪也是。

「……至少，帶走他們的遺物。」

「那個已經回收囉。像是戒指和頭髮之類的，喵。」

菲莉絲平靜回答戀戀不捨的昴。從他輕撫懷中的手勢來看，昴領悟到這些早在自己呆若木雞的時候就已經結束。

停下腳步的理由被奪走，昴最後回頭望向慘狀。

「────」

被排在泥土上頭的屍體，是十幾分鐘前還交談過的同伴。

看到這殘酷的「死」，沉重痛苦之物在昴的內心咆哮。

為什麼昴的心現在也像發瘋似地持續吶喊呢？是因為────

「昴啾，走了。」

「……知道了。」

時間和同伴都不給昴苦惱的閒暇。想不到可以留給屍體的話，被菲莉絲呼喚的昴打算跟在脫離現場的隊伍最後面。

然後，注意到。

──漆黑手掌穿過樹木之間，無聲逼近。

「趴下──!!」

「──唔!」

彷彿脫離黑暗的魔手，讓昴忘我吶喊。

對這突如其來的指令立刻做出反應的，是威爾海姆一行主力。他們沒有反問，立刻蹲下來，腳踢地面逃離黑掌的範圍。

可是，還是有反應慢的人被抓住。魔手朝他們發揮狠毒的威力。

「呃啊──!」

持續發出的哀嚎──不對，不是哀嚎，而是臨終慘叫。

漆黑手臂朝著反應慢半拍的戰士的脖子伸過去，在喉嚨處挖出一個致命的窟窿。手指的動作沒遭到任何抵抗，就像撈水一樣輕鬆地破壞人體。

鮮血噴灑，複數性命在昴的眼前悽慘地潰散。昴為此愕然，但緊接著發出的聲音解除了他的僵硬。

「──怎麼了，發生什麼事!?」

「不知道!大家突然就從喉嚨噴出血……」

對我方被虐殺一事感到驚愕的他們，看不見是什麼在創造「死亡」。也就是說，黑色魔手的真面目就是昴所知道的那個!大家都看不見就是絕佳證據。

所以昴捨棄無法相信的心情，大喊：

「──是『不可視之手』!!」

讓我方死亡的黑色手掌──除了貝特魯吉烏斯的「不可視之手」外別無其他。

但是，不能理解。操縱者確實死了。脖子被割斷，身體被砍斷，最後還幾乎變成碎片，而且剛剛才確認過。連菲莉絲都斷言絕對不可能恢復。

「可是是誰在用『不可視之手』!?」

在空中舞動的漆黑魔手，對驚訝到聲音嘶啞的昴起反應。許多手掌像蛇的頭一樣轉向他，手指朝他威嚇。

數量大約有三十──不可視的暴力輕易超越貝特魯吉烏斯操縱的數量。

「昴殿下！請告知手的位置！」

架劍把菲莉絲推倒的威爾海姆叫道。劍鬼的要求讓逃過第一擊的人們看向昴，雖然士氣沒有受挫，但除了昴以外沒人可以對應。

理解到自己的職責，昴凝視魔手。不想再增加更多同伴的屍體了。可是，魔手彷彿在嘲笑他的覺悟──

「消失了……!?」

由黑色霧靄組成的手掌，從手指開始慢慢分解化為塵埃。看到三十隻手一瞬間煙消霧散，不解對方意圖的昴僵住臉。

看看右邊，看看左邊。可是，消失的手都沒有恢復的跡象。
「小哥，敵方的攻擊怎麼咧!?會從哪裡攻過來!?」
「消失了！突然就不見了！不知道為什麼！」
怒吼回嗆里卡德的罵聲，昴拼命地巡視周圍。
無聲無息的「不可視之手」的奇襲，只有昴能察覺。自己的行動與同伴的生死攸關，使得昴非常拼命。
因此，疏於防備自己的周邊。
「咕——呃!?」
脖子後方突然生出異樣感，昴的喉嚨發出哀嚎。
緊接著，頸骨被驚人的握力一把舉起，雙腳離開地面，飄在空中腳踏不到地又蹬不到任何地方，只能舞動手腳掙扎。然後，身體被一口氣拉進背後的暗處。
「不好了！昴——！」
「由里烏斯，不行！敵人來了！」
雖然由里烏斯立刻伸手，但卻被鬼氣逼人的菲莉絲一聲喝阻。
在被迫分開前，映照在昴眼中的是衝破森林飛出的漆黑集團——魔女教徒從旁襲向警戒中的同伴。
「可惡！放開……給我放手！」

干戈開始在森林深處奏響，但只有昴被拉離戰場。揮舞的手腳撞到樹枝而產生疼痛和擦傷，但現在可不是在意的時候。

困住自己的手掌有著超乎常人的臂力，用以人體構造來說不可能做出的動作搬運昴。雖然不能回頭，但可以想像是被什麼給拉扯。昴現在被「不可視之手」帶著走。既然如此，敵人就是──

「咕、啊──！」

衝擊力強行中斷思考。

強制的空中飄移結束，背後直接撞上大樹，接著被按在樹幹上繼續垂吊。昴被迫在腳碰不到地面的情況下與敵人對峙。

「咳咳！混帳！到底、是哪裡的誰……」

「啊啊──大腦、在、顫抖。」

「────」

用力咳嗽同時看向周圍的昴，被那句話給凍住了心臟。

彷彿舔舐般流進耳膜的戲言，邪惡過頭，叫人無法忽視。

──像從黑暗中分離出來的細瘦影子，緩緩走出來。

就昴所知，魔女教徒全都穿著同樣的黑色服裝，這個人影也不例外。唯讀只有這個人拿掉了披在頭上的帽兜，裸露真面目。

「────」

一瞬間，昴錯認那道人影就是貝特魯吉烏斯。

不過馬上就予以否定。對方跟狂人似像似不像。畢竟出現在昴面前的是還很年輕、一頭紅髮和滿臉雀斑的女性。

「不過……妳、是什麼……是什麼、什麼人……!?」

全身受到強力壓迫，只能掙扎的昴邊俯瞰女子邊痛苦喘氣。

魔女教徒不分男女老幼，這點在之前打倒「手指」的時候就知道了，就算敵對者是女性也沒什麼好驚訝的。雖然不需要驚訝，但昴卻無法克制畏懼。

問題不在對手的性別。──這個女人的存在，和那個狂人重疊。

昴從這女人身上感受到足以匹敵貝特魯吉烏斯・羅曼尼康帝給人的厭惡和恐怖，而這跟在女子腳下蠢動的影子綁住昴的事實絕對脫不了關係。

眼前的女子，是跟貝特魯吉烏斯有關的人，或者不單單是相關人士──

「妳、妳是……貝特魯吉烏斯的、什麼、人……!?叫這些手、放開我……！」

「──我是『手指』。」

「啊？」

昴制服戰慄擠出聲音，女子則沙啞回話。才剛訝異她發出的聲音，女子就像個彈簧玩偶一樣用力仰起脖子。

然後將舉起的右手手指塞進自己的嘴巴，粗暴地咬下去。咬爛手指的悶聲，滴出的鮮血，跟那名狂人玷污自己的自殘行徑一致──

「我是『手指』！我是回報寵愛之人！執行試煉，遵從忠於愛之引導的勤勉使徒！啊啊！啊啊──，你，是怠惰嗎!?」

「嗚……！」

女子揮舞染血的手指，邊散播鮮血邊順從本能裸露狂態。自稱是「手指」還破口大罵的樣子，讓昴都忘了呼吸困難而拼命扭動身子。

那瘋狂，那狂貌。像是發脾氣的舉止，以及對一件事重複痛罵──不單單操縱著相同的權能，那怪奇癖好以及奇特發言根本用不著比較，女子和狂人之間確實存在著不容忽視的共通點。

心腹？繼任者？不是大罪司教的大罪司祭？各種可能竄過腦海。

可是，每一樣都不適當。假如要更正確地為這感覺命名的話──

「一模、一樣……複製？直接拷貝、貝特魯吉烏斯的性格……！」

昴面前的女人，並非像貝特魯吉烏斯，而是他本人無誤。所謂的「手指」，可能就是這個意思。

如同字面上的意思，「手指」就是貝特魯吉烏斯的一部份嗎？

「如果是這樣，不就是最慘的狀況嗎……！」

「早早回收你的話就可以安心了！你是麻煩，你是危險，只有你是窮凶惡極！你，看得見

『不可視之手』吧？」

「不予、置評……」

「就算想保持緘默也是沒用的！你掌握了我的寵愛，拯救了本來應該要犧牲的垃圾！既然如此，就不能用偶然解釋！不只一次還有第二次，這不是偶然而是必然！必然的勤奮就叫勤勉！」

沒在聽人說話的態度以及台詞也都如出一轍。

眼睛瞪大到眼球要掉出來的地步，女狂人伸長舌頭流淌口水。要是平常的話看起來會很普通的容貌，現在卻被狂亂增添了超越妝容的醜惡。

「好啦，好啦好啦，好啦好啦好啦。變成這樣非常遺憾，但是有件事非得確認不可。你是什麼人，在策劃著什麼？」

「我、策劃什麼……？」

連看對方的臉都難以忍受，昴被問到皺起整張臉。被反問的女狂人朝空中伸手，道：

「沒錯！問題就在這！你身上的寵愛不是一介信徒可以比的，足以匹敵大罪司教！既然如此，你果然是這一代的『傲慢』？是為了代替『怠惰』執行試煉而來到此地的『傲慢』嗎！」

「妳是活了多久，事到如今還問這個……而且妳真的不是親屬嗎，竟然把我毫不留情地勒得這麼緊……！」

「就算是大罪司教之間，不過問彼此的手法是不成文規律！要是非得互鬥，就只能更加勤勉！排除萬難朝愛邁進者方能強行挺進！不管是專斷獨行還是互相殘殺，都沒什麼好稀奇的！」

女狂人狂笑、大笑、嘲笑昴的疑問後這麼回答。

講好聽是組織內部有互相較勁的心態，不過說到底根本就是自豪地暴露他們是以自我為中心的集團。也就是對她來說，昴是以「傲慢」的身份與她為敵。

「假如你是『傲慢』，那大罪之座終於滿了！完成這次的試煉後就召集剩下的大罪，向魔女彰顯我等之愛！為此——」

「——」

「為了斬斷你的依戀，我決定提早試煉的時間。明天？不，現在立刻！你務必要看到最後！」

女狂人以壓倒性的優勢，開心地強求昴。

內容十分惡劣。提前試煉——也就是要提早執行襲擊計畫。女狂人高聲謳歌誤會，朝昴宣告要向他展露虐殺行為。

當然，不可以讓她付諸執行。像這樣持續爭取時間，把女狂人留在原地幾乎沒有好處可言。若是心中最惡劣的想像被猜中的話，權能的使用者——貝特魯吉烏斯的複製品有可能不只這一名女子。

因此昴必須盡早告知同伴這件事，哪怕只快一秒——

「可是……可惡！就算看得見，我也碰不到啊！」

妨礙昴人身自由的最大障礙，就在於還困著他不放的「不可視之手」。就算把手伸向抓著自己頸後的觸感，昴的手指卻直接穿透了霧靄，根本碰不到它。

昴對這不自然的現象口出惡言，女狂人則是得意洋洋地點頭。

「你果然看得見『不可視之手』呢。雖然非常不滿、不服氣、不願意、不愉快、不講理、不合理，但這就是你身為『傲慢』的證據！」

「不要讓我、說好幾次啦。……啊啊，對妳來說還是第一次。我不但不是『傲慢』，連入教特典書都沒收到啦……！」

「還在逞強！不過，這樣的你馬上就會老實……」

看到昴再度掙扎，女子愉悅地扭曲兇惡之臉凝視。但是，在纖細的手無意識地朝自己懷中摸索後，女子中斷話語，表情消失。

「……對喔。」

女子把手抽出懷中，這麼說。女狂人的手上什麼也沒有。正因為沒有，她把指甲刺進自己的臉，挖著頰肉叫喊。

「——福音!!」

「——!?」

像要扯破喉嚨的尖叫響徹空間，讓昴忍不住身子一僵。

她突如其來就感情爆發，臉上的傷不適用抓傷這種小傷。在臉頰上留下撕裂傷的女子憤怒地仰望昴，原本抓肉的指甲朝向他。

「用這矮小身軀！道盡萬言！賭上萬次性命！就算奉上萬人讚嘆也到不了！為了讓愚昧不成熟的我正確回報寵愛，就需要引導！所以說，要有福音！但現在卻不在我手上！」

「嗚……」

「假如弄丟的話會在哪裡⁉啊啊，我知道了！我的福音，我的愛之指標！被你、被你被你被你給──搶走了！」

不安定的憎恨矛頭扔向自己，昴因貫穿過來的惡意而背脊發涼。完美繼承貝特魯吉烏斯的精神的女狂人，帶著染血的兇惡臉孔接近昴。

「別、過來……！」

她的接近，讓昴近距離感受到久未品嚐過的「死亡」存在。

只有昴感受得到、嗅得到逼近而來的「死亡」。那個「死亡」繞在女人的身體上，準備要終結菜月‧昴的命運。

別靠過來。我不能死，我不想死！怎能死在這種地方──

「就算掙扎也沒用。你就這樣……」

女狂人發出嘲笑聲，魔手的握力直接施加在昴的頸骨上。就在昴意識即將墜入致命的空白底部前。

「──什麼？」

「──啊。」

握力在女狂人發出疑惑之聲後鬆弛，剎那間昴的呼吸平穩下來。然後，昴睜開朦朧的雙眼，確認是什麼創造了和緩的時間。

接著看到——在昴眼前緩緩搖晃的紅色光暈。

「什麼……」

「精靈——!!」

在探究光暈的真面目之前，女狂人先發出嫌惡至極的吶喊。對此，光暈的反應顯得靈巧明快。

光芒迸射，就像炸裂開來一樣，讓昴和女子的眼前化為一片白。

8

「————」

無預警炸裂的光芒，讓昴連慘叫都來不及，只能後仰。像拿針刺視網膜的痛楚逼出淚水，用手掌遮住臉後——綑綁鬆開，整個人被扔出去。

「嗚、哦！」

感受到飄在空中，察覺到逃離魔手的瞬間昴立刻採取受身姿態。滾倒在大樹根部，將墜落的傷害降到最低。多虧了劍鬼的指導，昴只有在被打飛時擺出的受身姿態完美無缺。他用手背揉眼睛，抬起頭。

「剛剛的是……哇喔，危險！」

才想要確認狀況，漆黑的手掌就高速掃過頭頂。要是命中的話腦袋就不保了。為這一擊感到戰慄的昴瞪向亂來的兇手，結果發現當事人正以手掩面，無視周圍盡情揮舞無數魔手。

「精靈……！精靈────!!」

吃了對方一招是有必要那麼生氣嗎？總之女子的憎恨傾注在精靈上，可是四周卻又看不到那淡淡的光暈。女狂人的憤怒只是在破壞森林，沒能讓痛恨的精靈受到一點擦傷。

她的注意力完全離開昴。現在的話，要攻擊還是要逃走，端看昴的選擇。

「那我選逃走！」

閃過瘋狂肆虐的魔手，朝女狂人的要害攻擊──這種貪心昴做不來。他毫不猶豫地選擇逃跑。現在昴應該做的不是追擊，而是確保戰力。

「不能放著那傢伙不管，可是需要的戰鬥力要是威爾海姆先生的等級！那邊……」

「──有何吩咐，昴殿下？」

急著想要會合的昴，耳朵聽見現在最想聽見的聲音。一轉頭就看見穿過樹林間隙，急馳而來的白髮老人──劍鬼。

「威爾海姆先生！」

「嚇出我一身冷汗。萬分抱歉沒能立刻抵達。」

提著寶劍追上來的威爾海姆，確認昴平安無事後鬆了一口氣。為意想不到的增援而歡喜的昴，注意到飄在老劍士頭上的紅色光暈而瞪大眼睛。

那光暈毫無疑問就是方才拯救昴脫離險境的精靈。

「那個精靈是剛剛的……威爾海姆先生可以使喚精靈嗎!?」

「十分遺憾，我除了劍術外別無他才。是有人出借這精靈，真正的契約者是別人。不過──現在是我唯一可以發揮所長之時。」

說到這，威爾海姆站到昴面前。劍鬼的鬼氣逼人，被閃光傷到眼睛的女狂人也察覺到而轉過身來。

「啊啊，在那邊是嗎……想、想逃，別想逃……！」

浴血女子將瘋狂投向威爾海姆和陪侍在旁的精靈。

「她是等同大罪司教的敵人！『不可視之手』的威力剛剛你也見過了，就算威爾海姆先生再厲害也沒法正面應對……」

「沒什麼，只要知道看不見就夠了。」

昴警告威爾海姆注意女子沸騰的瘋狂，劍鬼強力回覆後往前進。那輕率的一步嚇到昴，也在女子的兇臉上留下疑惑。

「搞什麼？是想獻上頭顱，獻上那條命嗎？如果是這樣，那真是非常拼命的聰明判斷！我也該帶著敬意回應……」

「肉眼看不見的手嗎。真是有意思的表演。──請讓我拜見一下。」

「……有趣的表演，你剛剛是這麼說的嗎？」

威爾海姆說的話讓女狂人的狂笑瞬間消失。他持劍回應女子的發言，然後用空著的左手招手──挑釁她，要她放馬過來。

「──！那愚昧之舉，等同放棄思考！放棄思考，就是怠惰──!!」

「威爾──」

氣到發瘋的女人伸出雙手，於此同時從影子噴出手臂襲向劍鬼。

其威猛令昴立刻叫喊要威爾海姆閃躲，但根本來不及。黑色魔手抓住威爾海姆的四肢，無情地撕裂其肉體──原本應該是這樣。

銀閃劃過空中，女子的頸項噴出血花。

「主動攻擊的人就在眼前，就算是看不見的攻擊也是有方法可以看破。看得見就能避開軌道，碰得到戰意就有機會，讀得到呼吸就能瞄準，我全都看得一清二楚。」

「──────」

完全看透漆黑魔手還施以劍擊，可怕的劍鬼如此斷言。

他閃避的時機完美得恰到好處，就如他所言是讀透了呼吸。叫人驚嘆的戰鬥技術，憑力量就破除不可視魔手的優勢。

「多麼、多麼、多麼的……」

然而，品嚐到的驚愕超出昴的人，毫無疑問是女狂人才對吧。女子的手掌按住脖子的右側，靠著染紅手的鮮血感受擦破傷口的斬擊。在威爾海姆的劍擊命中之前閃避而撿回一命，女子的行動也是超乎尋常。

「竟然把權能用在自己身上……」

女子配合劍擊，以不自然的姿勢和無法理解的速度朝背後飛去。影子之手抓住女子的身體並扔出，女子才得以勉強在劍鬼之刃下撿回小命。

只不過，緊急閃避的代價是左肩被魔手的握力捏爛，分不清是粗暴還是沒有斟酌力道造成。但是，女子用手撫摸被捏爛的肩膀，瞪著威爾海姆說：

「多麼……勤勉的構想，勤勉的本事，勤勉的存在呀！」

面頰泛紅、歡喜到雙眸濕潤的女子稱讚威爾海姆。承受讚美的威爾海姆倒是不愉快地皺著臉，不過女子並不在意。

「用這種方法！手法！手段花招！攻略了我的愛的東西，過去不曾存在！你太棒了！多麼勤勉！啊啊，太棒了——！」

「不論哪個世道，跟語言不通之輩的對話都毫無意義。」

「不要講得那麼冷淡，再讓我多看一點！再讓我為之傾倒！用你的一切！用你的劍！展示給我看——！」

女狂人半身染血，朝著威爾海姆伸長手像在求愛。劍鬼毫不掩飾不快，揮劍再度衝刺。

「既然如此既然如此既然如此──！這個樣子怎麼樣!?」

從大地湧出的「不可視之手」隨著這番話，在女子的面前做出一道黑色牆壁。是威爾海姆看不見的牆壁。要是就這樣撞上，就無法閃避，只能被魔手抓住。

「她在正面用手做出一道牆！繞過去！」

「──明白。」

順著昴的叫喊，威爾海姆踹擊地面，在千鈞一髮之際閃過眼前的黑牆，然後就這樣往旁邊跳，逃離手臂的抓取範圍。接著劍鬼把劍刺進地面，往上揮。

「去──！」

承受斜向斬擊的地面被挖開來，泥土碎塊朝女狂人的頭上狂灑。這行為，就只是很平常的灑土而已。當然，女子看起來也不像是有受到傷害。

「──？那是要幹嘛？」

「請不要讓我失望！來吧！快點快點！勤勉的年老身軀！這世上最了解尊貴的愛之子！快點、讓我看到你的勤勉！」

不可解的行為令昴和女子的聲音重疊，但威爾海姆沒有回應任何一方。老劍士只是輕快地奔馳，不斷地讓女子沐浴在土塊雨中。

揮開傾倒的不快之雨，女狂人用戀愛中的少女目光看向劍鬼，並固執地以可致人於死的黑手加諸攻擊。

「這樣就結束了？就這點程度？太讓人失望！太讓人灰心！讓人意志消沈！期望落空！絕望！啊啊、啊啊！你，是怠惰嗎——!?」

「騙、騙人的吧!?」

影子在女子的叫喊下爆發，令人畏懼的權能全都鎖定威爾海姆為目標。

之前分散的魔手總數超過三十隻，足以埋沒森林裡的狹窄天空。其壓倒性的數量讓昴暈眩。

致命之手多達三十，而昴能口述的手卻只有一、兩隻——

「威爾海姆先生，總之很危險！」

昴的慘叫沒能解決任何事，於此同時，魔手朝著劍鬼蜂擁而至。

將所觸之物毫不留情破壞殆盡的惡意，這次要蹂躪威爾海姆。在地面奔跑的威爾海姆仰望頭頂，瞇起藍色眼睛，說：

「我應該說過。」

靜謐之聲乘著森林的暖風傳播。劍鬼輕而易舉地躲過逼近眼前的不可視之掌。

「啊？」

傻住的聲音是發自昴還是女子，連他們自己都不知道。

魔手從四面八方傾注，襲向劍鬼好扯斷他的四肢。但威爾海姆卻用異於常軌的身段閃躲、避開、凌駕在它們之上。

不消多時就避開所有猛攻的劍鬼，臉頰露出獰笑瞪著女子，說。

「──只要知道有看不見的手，就能戰鬥。」

他親身證實自己先前說的話絕非虛假。

但是，其結果也太過壯烈，昴無法閉合張開的嘴巴。本來以為就算威爾海姆再厲害，應該也沒法憑超人的感覺讀取到所有的黑手。

「怎麼會。怎麼會、怎麼會、怎麼會怎麼會怎麼會怎麼會麼會麼會麼會麼會麼會……！」

自己的底牌被封殺，被嚇破膽的女子雙眼失焦。渾身顫抖的她模仿貝特魯吉烏斯把剩下的手指都咬爛，卻還是無法收斂激情，導致鼻血溢出。

她就這樣流著鼻血，朝威爾海姆伸出染血右手。

「不可理喻不可理喻不可理喻！你該不會看得見我的『不可視之手』!?」

「當然，是看到才閃過的。──把戲被識破，兒戲就不過是容易被拆穿的謊言罷了。」

無趣地說完，威爾海姆再度以寶劍前端降下土塊雨。

沐浴在泥土雨中，依舊不解的女狂人氣紅了臉。不過昴倒是在反覆的行為中理解到威爾海姆的用意，同時愕然。

──反覆降下土雨，是為了能看到「不可視之手」的佈局。

不可視魔手雖然用肉眼看不到，但為了破壞，所以可以接觸到東西。也就是說，魔手的軌道會在土雨中顯現出來。

當然，超越三十隻的魔手的猛攻並非看見就能輕易閃避，但威爾海姆的超人戰鬥力根本是神技，區區兒戲完全不能比。

「好啦，彼此都揭開底細了。——接下來就來討同伴之仇吧。」

亮著寶劍前端，壓抑怒氣的威爾海姆恫嚇道。

劍尖噴射出的銳利劍氣，讓不是被直接刀刃相向的昴都感到寒意。當然，根本不能和被劍尖直指的女狂人所受的恐懼相比。

儘管如此，女狂人卻是展開染血雙手，像歡迎殺意一樣嗤笑。

「啊啊，啊啊，太棒了！你的行為正是勤勉的體現！這種狀況、發展、困境降臨我身！我為了回報愛總是勤奮努力，比任何回報寵愛的信徒都還要勤勉！可是，你卻這樣——！」

「嘮叨著勤勉怠惰的，愚蠢透頂。」

一句話就打斷女子丟臉吶喊的劍鬼，在雙眸中寄宿淩駕殺意的戰意。

「——做了一件事就會被愛。只要做這件事就會被愛。妳口說的愛，輕薄到聽了耳朵都要爛了。妳那個根本不是愛，只是自以為是。」

「你懂什麼愛!?愛，正是我的一切!!」

威爾海姆沒有回答尖叫的女子，而是為了揮響劍擊而再度前進。土雨再度降下，靠著蹬地，挖地的劍鬼身體宛如子彈般射出。

女狂人盡情驅使魔手，像鞭子、像長槍、像大槌又像利劍，橫掃威爾海姆。但全都被看穿，還被接近。

然後——

「結束了，邪魔歪道。」

說完，威爾海姆手中的寶劍直戳狂人的下腹部，深深刺進到只剩劍柄。劍身貫穿到背後，扭轉拔出後就帶出大量鮮血和腸子。

威爾海姆退下，狂人身子前傾跪在地面，用手觸碰傷口。

「啊啊，這麼、的……」

溢出的鮮血，流出的腸子，都沒法用無力的手掌挽留住。

威爾海姆默默俯視沒法阻止生命流失的狂人。斬殺過無數生命的劍鬼知道，這條性命即將告終。

「需要介錯嗎？」

「——介錯？不需要。生命流淌，血將流乾……支撐我的生命，勤勉的脈搏，即將停止，即將消失……失、失……」

拒絕劍鬼的溫情，橫倒在地的女狂人嘴角浮現笑容，然後雙眼就這樣慢慢失去光彩——昴就站著看到最後。

「……唔。」

「啊啊，大腦，在顫抖……」

她凝視著昴，留下最後一句話，呼吸才完全停止。

——擁有「不可視之手」的第二名「怠惰」死了。

看完一切，昴「呼」地吐氣。讓人連呼吸都忘記的戰鬥結束，肉體這才像是想起並重新開始執行生命活動。

「結、結束了……嗎？」

「確實斷氣了。——至少，這女的死了。」

昴畏畏縮縮窺探屍體，威爾海姆擦拭劍上的血後如此回應。話裡的箇中含意像是肯定了他先前的推論，昴忍不住咬唇。

但是又馬上搖頭，現在可不是沉思的時候。

「先不管這傢伙……回去吧！我擔心大家。得快點跟他們會合！」

「——不，昴殿下。方才有通知。那邊也已經收拾完畢。」

「通知……」

威爾海姆朝急躁的昴伸出手，淡淡的光暈就飄在掌上。發出朦朧紅光的精靈正緩緩左搖右擺，主張自己的存在。

「剛剛也提到的精靈……不，是微精靈？所以說大家平安無事，也是這個精靈傳達的囉？」

看到在威爾海姆掌上閃爍的光芒，昴懷著期待發問。可是精靈沒法用語言回答，只是朝森林裡頭飄過去，像在引導。

「那是『跟我來』的意思嗎？」

「──走吧，昴殿下。」

掌握精靈要帶路的意思後，昴和威爾海姆就追在精靈後頭。

打倒可匹敵大罪司教的強敵，回到同伴身邊。──光看這情況會覺得是帶著捷報而歸，但兩人的側臉卻都刻畫深厚的嚴肅感情。

「──可惡。」

要會合的同伴那邊怎麼樣了，現在滿腦子只惦念這點。

9

「──是誰！」

「等一下！是我們！抱歉嚇到你們！」

被厲聲制止，昴雙手舉高從草叢裡現身。

發現是從森林深處回來的兩人，舉劍相向的騎士立刻解除警戒，放下劍的同時表情也透露安心。只不過，那份安心裡摻雜著悲傷和悔恨。

看樣子，森林裡的戰鬥結果，沒法單純為勝利而喜悅。

「你們兩位都回來了。」

「由里烏斯……」

環視周圍時，由里烏斯跑到他們面前。他確認兩人身上沒傷後，不改表情點頭道。
「首先，你們都平安無事比什麼都重要。……要我報告被害狀況嗎？」
「……嗯，拜託了。」
倉促確認彼此平安無事後，昴就示意他進行被害報告。取得同意後，由里烏斯用手比向成為戰場的森林。
處處都有戰鬥過的跡象，不是樹倒，就是流血的痕跡。
「一開始，不可視攻擊以奇襲讓五人當場死亡。緊接著和魔女教應戰的人中也死了兩人——總計七人，就是這次的被害人數。」
「七個人……」
雖然有心理準備，但沉重的數字還是打擊昴的內心。
「不可視之手」的第一動，在奇襲下要了五條人命，實在是太過悽慘的犧牲。
「……攻擊你們的魔女教徒呢？」
「當時在場的魔女教徒共九人，全數死亡。雖然我們生擒兩人，但他們也跟之前的人一樣自殺。菲莉絲很努力喔。」
「敵方全滅。我方的犧牲再加上原本跟蹤的五人，總共是十二人。」
「分散兵力是壞棋……不能如此斷言呢。人越多，可能只會增加最開頭的犧牲人數。當然，數量多的話，對方也有可能不敢貿然攻擊就是了。」

雖然悼念犧牲者，但由里烏斯和威爾海姆都沒有慌張的跡象。相反的，昴從被害報告一開始，就咬緊嘴唇到流血的地步。

「我們這邊的報告就到這。你們呢？」

「──呃。你沒有其他話要跟我講嗎？」

「以必要的報告為優先。除此之外的話，我想等聽完你的報告後再說。」

相較於感情用事的昴，由里烏斯的態度相當淡然。不過他的瀏海有點亂，近衛騎士的制服上散佈著血跡，當然不是沒有受傷。

目睹他奮戰後的痕跡，昴忍住想要遷怒的心情。

「……至少，剛剛打倒發動攻擊的『怠惰』了。」

「剛剛發動攻擊的是『怠惰』……嗎。不是能夠開心的報告呢。」

昴把鬱悶的回答說成是捷報，由里烏斯也立刻察覺到問題點。

事已至此，昴也不得不認定女狂人的真面目。

突然攻擊討伐隊，還用權能把昴帶離戰場的女狂人──足以匹敵被打倒的大罪司教的邪惡，是如假包換的「怠惰」。

「在這次作戰的一開始，大罪司教『怠惰』應該被殺死了才對。你應該比任何人都還明白這點。……可是你卻說方才的敵人是『怠惰』？」

「……嗯，沒錯。剛剛的傢伙是『怠惰』。──第二個『怠惰』。」

第二個「怠惰」，這幾個字令由里烏斯不開心地皺眉。但是，把昴認真的眼神，和實際發生的事拿來深究的話，確實沒法提出異議。

「一開始打倒的『怠惰』和剛剛的『怠惰』是不同人，沒錯吧？」

「那個混帳傢伙的臉就算死了我也不會忘記。還有，第二名『怠惰』是女的。我沒有搞錯。雖然沒有搞錯……」

昴一開始遇到女狂人的時候，把她錯認成貝特魯吉烏斯。

那是從與容貌相異的部分，感受到貝特魯吉烏斯和女子之間的確切聯繫。

簡直就像那兩名狂人有著相同的始祖——

「權能相同，言行舉止也一樣。我有很不好的預感。」

「一開始打倒的『怠惰』是替身，第二名『怠惰』才是真正的大罪司教……不對，沒法確認真偽。而且，現下的問題是——」

「——說不定問題已經不在哪個是本尊了。」

在逐步推測的過程中，昴銜接上由里烏斯推出的結論。

這個結論令自己額冒汗珠，由里烏斯也臉頰微微一僵。好可怕的推想，可是跟現狀對照的話才是合理的答案。

第一人是貝特魯吉烏斯，第二人是女狂人，順著這個可能性當然會得到這結論。

「也就是說，『怠惰』大罪司教有多人存在。──擁有同樣異能，在同個目的下行動的集團，就是被稱為『怠惰』的大罪司教本尊？」

「……原本我知道的『怠惰』，只有一開始出現的病人臉惡徒。可是看過那個女人之後，我沒法否定你的推測。」

女狂人自稱「手指」，還擁有做為「怠惰」大罪司教的自覺。

合理。非常合理。「怠惰」大罪司教是由多人所構成的集團。

「這不誇張，『手指』是大罪司教的一部份。不過，假如『怠惰』大罪司教是由多人構成的團體，那在各國引發的騷動層面之廣，也就不難理解了。」

「魔女教的教義執行部隊『怠惰』啊。這想像可不有趣。」

宗教團體內部的執行部隊，簡直就像虛構產物。雖然忍不住想笑，卻連乾笑聲都擠不出來。

假如連貝特魯吉烏斯・羅曼尼康帝都不過是「怠惰」之中的一人，那之前戰況的快速進展就幾乎成了鬧劇。這實在是過於恐怖的想像。

「這終究只是推測。我不想散播不安讓軍心動搖。」

昴因討厭的想像而閉上嘴巴，由里烏斯則是望向聚在一塊的討伐隊同伴。

「剩下的『手指』還有三處，我方已犧牲十二人……不是能夠無視的耗損。」

「──不是十二人，是十一人喔。」

聽到有人訂正犧牲者的數量，昴他們回過頭，就看到菲莉絲走過來。白色上衣被血弄髒的他，邊擦去額頭上的汗水邊指向身後。

「菲莉醬救回一名重傷患者了。不過很驚險，真的是千鈞一髮。」

「是好消息呢。能從那個狀態搶救回來，真不愧是菲莉絲。」

「只要沒死就能救回來的。——人家不是說過嗎。」

由里烏斯在報告中頭一次微笑，菲莉絲也淺淺一笑。「不過，」但是微笑立刻消失，菲莉絲看向其他方位。

昴也跟著看過去，蓋著薄布的身體就映入眼簾。

「沒法全部救回來。……團長話中的意思，現在很刻骨銘心呢。」

「你做得很好。那是我們絕對沒法勝任的職務。」

「嗯，謝謝。」

菲莉絲簡短回答由里烏斯的安慰，不過任誰都明瞭話語根本構不成慰藉。

低頭的菲莉絲舔唇，猶豫一陣子後看向昴。

「……剛剛你們說的，第二個『怠惰』的屍體在哪？」

「——。在對面的森林裡，你要幹嘛？」

突然就轉換話題，昴不禁皺眉。是聽到自己跟由里烏斯方才的對話嗎，菲莉絲望著昴指著的方向，瞇起黃色的雙眸。

「說不定，調查過就知道不同了。」

「不同？哪裡不同？」

「就昴啾所擔心的，『手指』和其他教徒的不同。」

一針見血的話讓昴屏息，菲莉絲則是閉上一隻眼說：「你們等一下。」然後就帶著數名同伴前往檢視屍體。

調查過女狂人、第二名「怠惰」的話，有可能得到攻略大罪司教的線索。──如果有可能，那自己想去相信。

「還有呢。」

目送菲莉絲離去後，昴回到討伐隊裡頭，然後站在沒人能正眼直視、犧牲者的旁邊。並排的遺體蓋著薄布，願他們在不會再清醒的睡眠中得到些許安寧。

最初被破壞到肉體不成原形的五人，那是無可奈何的犧牲。可是，被奇襲奪去性命的五人就不同。就算只有昴，也應該要事先察覺到。

「一開始聽到那五人是被徒手扯斷的時候我就該注意到了。只有我知道權能是什麼玩意，我應該要注意到的。」

就只有昴，應該要察覺無從抵抗就被殺的他們的「死因」。可是昴卻為同伴之死而動搖，錯過了機會，導致出現其他犧牲者。

搞到最後，自己被敵人帶走，還讓交戰中的我方分散戰力來救自己。要是威爾海姆沒有離開，在對戰中的犧牲者就不用死了。

「雖說是奇襲，但對手人數不到我方一半。假如沒有大罪司教的權能，我們根本沒有理由會輸。正因如此，才會請威爾海姆大人去接你。」

「———」

「當然，無視道理的第一招權能麻煩至極。在通知我們閃避的時候你的工作就結束了。再來就是騎士……我們的任務。」

聽了昴的喃喃自語，由里烏斯邊調整瀏海邊補充。昴還沒有神經大條到不知道那番話是在擔心自己。

但越是被安慰，昴的心痛越是鮮明。

在白鯨戰中也有人死去。

昴也對他們的「死」感到悲傷。但是，卻不到悲痛欲絕的地步。跟自己的「死」相比，對他人的「死」無動於衷的自己應該被唾棄，可是這份「死」卻好沉重鬱悶。

不管何種形式的「死亡」都一樣，但為何這份「死」會這麼難受呢？

——那還用說。

「……因為是被我牽連的人。」

直到現在才發現，在這裡的他們會殞命，菜月・昴要負起責任。

他們會去挑戰白鯨，是憑自身意志選擇和那魔獸對戰的結果。但是，這次的魔女教之戰不同。他們不過是答應昴的邀請，贊同昴想要救助愛蜜莉雅她們的意志，才會來幫忙昴。

「──好沉重。」

以「死亡回歸」換得情報，昴協助庫珥修他們討伐白鯨。不過換個說法，那場戰鬥其實也是以昴的情報作為契機才發動的。

製造戰場，讓無數人奔赴死地，讓不少性命自他人記憶中消失。

扛著這樣的重責大任卻到現在才發現，不單單是因為昴下意識地別過目光，還因為庫珥修太過光明磊落。

主導白鯨之戰，扛起戰場上所有責任的她不但對自身的責任義務有自覺，言行舉止還氣派堂堂到讓人感受不到她的重擔，所以昴才沒察覺。

「死亡回歸」不單是改變命運，昴選擇什麼、期望什麼、為了什麼而動、不管願不願意，世界都會跟著改變。

「───」

與遲來的自覺相伴而來的，還有對愚蠢沒志氣的自己的強烈憤怒。

太大意了。渾身都是空隙。事情進展得太過順遂，早就該懷疑了。之前還說什麼要大家一起活著回去，卻懈怠這方面的努力，結果就是這副慘樣。還讓十一條寶貴的性命死去，他們全都是自己的同伴呀！

後悔埋沒腦袋，悔恨煮沸臟腑。應該要再多做些什麼，這沒來由的憤怒毆打昴的靈魂。這樣子，還不如氣憤而死──

「昴殿下。」

「——呃。」

被憤怒吞沒到視野化為鮮紅的昴，因這聲呼喚而回過神。

站在正面、直直盯著昴的人是威爾海姆。有一瞬間，昴以為會被責備而內心戰慄，但劍鬼的雙眼立刻否定這點。

劍鬼以宛如映照湖面的靜謐眼神，平靜地洞穿昴的黑瞳。

「現在的您，腦內恐怕浮出各式各樣的想法吧。每樣感情應該都不馬虎。……雖然不識趣，但請容我建言。」

「————」

威爾海姆這句話讓昴挺直脊梁等待他開口。雖然不知道會被說什麼，但至少可以知道那是不能聽漏的話。

接著，威爾海姆對做好心理準備的昴說：

「——戰鬥吧。」

低沈卻又震動大氣的「語言」。

可是，也是切割昴的身體、心靈和靈魂的「劍刃」。

威爾海姆散發的鬼氣蓋過曾為戰場的森林，捆住昴的身心。席捲周圍的劍氣，讓戰士們的視線自然集中到他們身上。

身在視線漩渦中，劍鬼繼續說。

「不管有多後悔，不管有多悔恨，都要戰鬥。一旦下定決心要戰鬥、要抵抗，就要全心全力應戰。一分一秒、一瞬間、一剎那都不可以放棄，要貪婪地咬住鎖定的勝利。只要還能站得住，只要手指還能動，只要牙齒還沒斷，就要撐著站起來，努力站起來，咬緊牙根站起來，奮不顧身站起來，戰鬥吧。──挺身而戰吧。」

「──────」

那跟過去威爾海姆對昴說的話極其相似。

在庫珥修宅邸的庭園裡，儘管時間短暫，但威爾海姆有朝著被木劍打趴的昴講述身為劍鬼的些許戰鬥心得。

那時候，威爾海姆稱聽了這番話的昴為「無心想變強的人」。事實上，昴從未認真與他木刀相向，所以不知道那瞬間劍鬼是想著什麼，對意志消沈的昴說出那番話。

可是，現在跟那時候不同。──是不同的想法讓他這麼說的，昴這麼認為。

「要變強大，你是這意思嗎？」

「非也。──是要您成為強大本身。」

擺在面前的，是驚人又高規格的強烈要求。

對昴來說，就是成為像威爾海姆一樣的存在。想要變得像鋼鐵一樣，自己經常這麼想。

但是，不覺得現在被後悔和遺憾給擊垮的心靈，可以回應這番話。

「我也想變成那樣。可是，太困難了。就算我不想讓任何人死去……但我不足之處太多了！」
事情只是稍微順利進展，就馬上得意忘形然後錯估情勢。其結果，就是讓某人死掉。要是又搞錯，不知道這次又會害死誰。
所以拚命去思考不讓事情變成這樣的方法。可是卻想不到，想不出來。
「我必須去做……因為是我起的頭。」
「被您牽連，被您擺佈，才會出現死者嗎？——您錯了。」
就在昴的心靈快被悔悟扭斷時，威爾海姆攤開雙手。
「在場的所有人，都不覺得是被您牽連的。就算給予契機的人是您，但我們都是自主選擇了戰鬥。大家都是根據自己的意志而站在這裡的。」
「————」
「別一人負起他們死去的責任，他們也不想變成您的重擔。只要不忘記，記在心裡就夠了。」
「不忘記什麼……？」
不忘記他們的死嗎？昴這想法被威爾海姆搖頭否定。
「——他們想要分擔您的負荷，不要忘記這點。」
這次這番話，讓昴全身像被雷劈到一樣麻痺。

對著愕然失聲的昴頷首，威爾海姆觸碰掛在腰部的劍。

「所謂的出借力量，不單單是揮劍而已。挑戰同一個敵人，為障礙一同煩惱，互相分攤傷痛和重擔。這是可以辦到的，是我從過去學來的。」

威爾海姆說完，朝著被駁倒的昴用下巴示意。順著那舉動轉動脖子，昴發現在場所有人的視線都集中在自己身上。

每一雙眼睛，都點燃著和威爾海姆一樣的感情。

——你不是一個人在戰鬥。感覺他們在這麼說。

面對來歷不明的敵人，無人露出形勢不利而想逃跑的眼神。也沒人因為事態發展不一樣所以要責備昴，或是要彈劾昴自以為是。

「……要是至少有個腦袋聰明的傢伙在就好了呢。」

昴嘆氣，同時籠罩腦內的烏雲快速散去。並非從懊惱中解放，只是脫離鑽牛角尖而已。就自己一顆腦袋，是能想到多少？

「可惡——！」

昴用力抓頭咬牙，放任衝動跺地，然後朝所有人低頭。

「我能低下的腦袋就只有這個，雖然是低頭無數次的便宜腦袋。」

昴朝他們低頭懇求，朝著以始終不變的眼神要求自己戰鬥的同伴們懇求。

死心和悔恨在不知不覺間，光著腳逃逸無蹤。

「發生……發生很多事，所以狀況有變。魔女教的『怠惰』真的很棘手，老實說根本不知道他的底細。總算能理解為何他在世上被當成瘟神了。光是對上他就夠倒楣了。雖然覺得可怕……」

昴誤以為必須一個人包辦所有，想方設法應對並戰鬥。但現在多虧了大家，手腳的顫抖都停住了。

戰鬥吧——而且變得可以這麼想。

「雖然還不知道該怎麼做才好，但是，我知道必須做的事了。我們得打倒那些傢伙。『怠惰』一定要在這裡被幹掉。」

不管是多麼深不可測的敵人，開戰的都是昴和同伴。而這場戰鬥，一定要持續到敵人倒光為止。

「————」

轉過身，昴看著倒在這座森林裡的同伴遺骸。看著直到方才都因自責的念頭而無法直視、只從他們的「死亡」中得到悔恨的遺骸。

那是昴不能逃避的罪孽。他們的「死」，不管用什麼話來裝飾都無法規避昴的責任。而且，也絕對不容許他逃避。連借用他人之手想要減輕負擔，都會是一種傲慢。

所以說，昴要自己背負。可是，他不覺得那是重擔。

儘管決定要背負，但昴還不清楚背負的是什麼東西也依然。

「去救愛蜜莉雅她們，擊敗魔女教。兩邊都要達成。」

「就去做應為之事吧。不是為了其他人，而是為了您自身的希望。」

我們是為此而來幫忙的，威爾海姆和討伐隊們領首表達這樣的心情。

必須思考的事多如山高，無數的障礙橫亙在前頭。可是，多虧知道了自己不是一個人挑戰，才能振奮起來。

「……還好我渺小又脆弱。」

要是昴堅強到還能站著，剛剛就沒法脫離鑽牛角尖。

所以就只有這個當下，他這麼想著。

「——要走了嗎？」

「嗯，走吧。借我你們的智慧和力量。」

「死亡」並不輕，它很重。在知曉這道理下，依舊抬頭挺胸去抵抗。

再度邁出步伐，菜月・昴的戰鬥要開始了。

——菜月・昴他們的戰鬥將會持續。

第三章 『回來的意義』

1

——和同伴遺體一同回來的昴一行人，讓留在陣地的騎士們大吃一驚。

所幸陣地沒發生什麼事，但在聽了森林裡的戰鬥和被害報告後，待機中的他們個個面露鬱色。沒法參加戰鬥的不甘心，任誰都一樣。他們也都跟其他同伴一樣，重新宣誓要幫助昴。

就這樣，和同伴會合後，大家再度開會討論接下來的方針。

但是，新出現的問題和障礙都是難解之題。大罪司教「怠惰」的存在形成高聳障壁，繼續堵在討伐隊前方。

「首先，報告一下第二名『怠惰』的屍體檢查報告。——人家看過了，她跟其他魔女教徒的屍體有點不一樣，身上有奇怪的術式痕跡。」

第一個舉手報告的，是調查完女狂人屍體的菲莉絲。

報告內容中的「術式」令昴皺起臉。

「跟魔女教徒用來自殺的魔石不一樣？」

「正是如此。混在一起很難看出來，不過有的話只要一比較就一目了然。……其他的『怠惰』教徒一定也用了同樣的手法。」

「那個手法就是權能的機關嗎？」

「沒清楚到那地步喵。不過，考量到教徒之中有人被特別處理，很難不聯想到跟大罪司教操縱的奇怪能力有關。」

關於「怠惰」是多人的可能性，在討伐隊內已是共有情報。配合菲莉絲的調查和之前的推測，可能性變得更高。

「既然如此，問題在除了那兩名『怠惰』，還剩下幾個人囉？」

「在現階段只有他們兩人，但認為僅只於此是很危險的想法。最好考慮最惡劣的情況：被稱為『手指』的人全都有可能是『怠惰』。」

「……再怎麼樣也跳太多了吧？假如他們全都能使用權能，那就應該會用來反擊我們才對，可是卻沒有人這樣吧。」

「那是在被稱為『手指』的存在，代表大罪司教底下的集團時。」

由里烏斯的回答讓昴摸不著頭緒，可是菲莉絲和里卡德卻面露理解。

「原來如此咧。由里烏斯，也就是那個唄。『手指』指的是大罪司教的右手或左手唄。」

「——？不管是左手還右手，不都是身體的一部份嗎？」

「不是那樣，是指心腹或左右手的意思。說起來，『手指』對魔女教的定義，只是昴啾的推測吧？」

「……啊！」

講解到這地步，昴也終於了解三人的意思。

就昴所知，貝特魯吉烏斯數度稱呼部下為「手指」，但箇中詳細都是推測成分居多。其實昴一直以為「手指」是貝特魯吉烏斯用來稱呼自己底下的集團。

可是，搞不好其實是有多名特殊教徒冠上「手指」名號，而且都和貝特魯吉烏斯有著相同的權能。

「有幾根手指就有幾個『怠惰』，貝特魯吉烏斯也不過是其中一個嗎？」

「最多有十個，如果每一個據點配置一個『怠惰』的話，那之前都只是運氣好讓對方來不及反擊才得以處理掉。之前太樂觀了。」

「剩下的據點有三處，『手指』有三個……想成還有三人比較妥當喵。」

由里烏斯的推測當然合理，菲莉絲的話中也有不容忽視的重量。

不管何種狀況都要先設想最惡劣的情況。太低估敵方威脅的話就會欠下一屁股債，這是在支付過無數次高額學費後才學到的。

然後，以現狀所能推測的最壞可能性是——

「——讓宅邸的人和村民開始避難，要盡快。」

「……老實說，你不提出的話，我本來想自己提議的。」

昴低聲提案，由里烏斯閉起一隻眼睛同意。

「在最大的威脅『怠惰』不確定能解決掉的當下，最該憂慮的就是他們本來的目的——加害愛蜜莉雅大人和村民吧。」

「他們的人數已經低於一半咧，偶們出手的事應該早就曝光囉。這樣一來很有可能自暴自棄，那樣最可怕咧。」

里卡德補充由里烏斯的論點，昴也以皺起的眉心表達擔憂，同時點頭。魔女教一定已經察覺到討伐隊的存在，這點從先前的奇襲就能得知。

「第二名『怠惰』是在等我們，應該是在某處發現到我們吧。我們的存在曝光倒沒差，但是，我們的目的曝光就麻煩了。」

戰鬥方面的優勢消失是很要命，但最大的問題在於被魔女教得知討伐隊的目的是要營救愛蜜莉雅他們。就現狀而言，魔女教應該還不知道跟自己敵對的昴一行人是基於何種目的闖進梅札斯領地。

要是知道彼此的目的都是宅邸和村莊的話，村子毫無疑問會化為戰場。

「現在的話，魔女教還沒察覺平原沒有他們的同伴。讓愛蜜莉雅他們搭上龍車，應該就能直接逃到街道上。」

「讓愛蜜莉雅大人他們逃走，無後顧之憂後就能集中殲滅魔女教了。背負弱點應戰很辛苦，尤其是菲莉醬和昴啾。」

「很刺耳耶。……不過，就是那樣啦。」

承受菲莉絲的嗆辣贊同，昴詢問討伐隊全體的意見。在分秒必爭的現在，很幸運地沒有人提出異議，昴迅速一拂膝蓋，下定決心。

「幫了大忙。——全體出動，帶著旅行商人去村子，可以嗎？」

「前面的路上，可能會有藏身的『怠惰』發動攻擊，所以需要你的眼睛。」

由里烏斯繞遠路的肯定，確立了討伐隊的方針。

「哦哦，終於叫我們啦。有工作真叫人鬆了一口氣。」

而聽到終於要出發的指令，待機中的旅行商人都意外有幹勁。

駐留原地不動不合他們的個性吧。只是這項工作跟魔女教有關這點依舊瞞著他們。現在要是讓他們的腳步沉重，那好不容易訂立的目標會在開頭就受挫。

「也讓你久等了，帕特拉修。……怎麼了，不要那麼生氣嘛。」

「————」

沒有跟進森林而是留在陣地的帕特拉修在跟昴鬧脾氣。漆黑的地龍背過高貴銳利的面孔，故意不理會昴的呼喚。

「唉喲，畢竟要走在森林裡耶？要是跌倒腳斷掉的話可就後悔莫及囉。」

「您那隻地龍的種類被稱做黛安娜種，是地龍之中最優良的品種。雖然也有對應沙漠和寒冷地帶的品種，但黛安娜種是可以適應所有地形的優良品種喲。」

「咦？任何地形都可以？就算是在森林裡？」

「不管是森林還是沙漠，水邊還是冰山都可以。」

威爾海姆給的保證叫昴瞠目結舌。

自己完全是憑第一印象選擇，卻沒想到帕特拉修的優秀超乎想像。雖說端看牠的聰明和能力就會覺得理所當然。

「那孩子的身價剛好夠買一棟豪宅喲。」

「不要講到錢！住口！會害人有那個意思的！」

連跨坐都覺得惶恐的昴放聲大叫，惹來菲莉絲的訕笑。不過那笑容跟平常的他相比，多少有些陰影。

隱約察覺到原因後，昴就驅使帕特拉修和他的地龍並騎，壓低聲音說：

「抱歉，我只想到自己，在各方面都讓你關照了。」

「——。幹嘛突然講這？吃到壞掉的東西了？要治療嗎？」

「不用掩飾啦。你說過的吧，不想讓任何人死掉的不是只有我。」

「————」

被說中心事，菲莉絲一臉尷尬沉默不語。

對我方出現死者感到強烈自責的，不是只有昴。正因為擁有可以直接拯救他人的能力，菲莉絲一定很不好過。

但他沒有表現出來而是放在心裡，這正是菲莉絲的強韌。

「或許我說了也於事無補，不過多虧了你，幫了大忙。我說真的。」
「別說了喵。自己有沒有派上用場，人家最清楚。不但讓十一個人死掉，還無法阻止敵人自戕。……只會出張嘴而已。」
「不過，你救了一個人。託你的福，他沒有死。」
昴朝著自責的菲莉絲指指睡在後頭龍車上的傷者。他由於體力消耗過度，所以還沒恢復意識，不過已經脫離險境。而這就是菲莉絲的成果。
拯救了一個人。那是多麼辛苦的事，昴非常清楚。
「你的存在比你想的還要重要呢。我是說真的，沒騙你。」
「……是怎樣？因為菲莉醬很可愛所以想追人家？對男人有興趣了？」
「才沒有興趣也沒在追你啦！我是很認真的耶!?」
知道沒來由的講這些話必遭反擊，卻沒想到反擊之勢辛辣至極，昴因此退縮。不過，菲莉絲立刻綻放笑顏，吐出一口長氣。
「既然是講認真的那人家就認真接受。菲莉醬並沒有在煩惱自己的存在意義，所以儘管放心。而且我們煩惱的次元根本天差地遠喵。」
「是、是這樣嗎？」
「不過呢，算了，勉強算是安慰吧？真的只有一點點，跟之前別人說的話很像，所以鬆了一口氣。」

用手指表達出「一點點」有多少後，菲莉絲壞心地斜視昴。看他那反應，代表至少有為他的心情好轉貢獻些許心力，昴也因此安心。

「那機會難得，就由菲莉醬主動提起……昴啾早點跟由里烏斯和好比較好喲，人家說真的。」

菲莉絲回敬的話讓昴吃驚。

「什麼早不早點……別說和好了，我們之前起衝突的事早就付諸流水了，你不也看到了？」

「算是啦。不過昴啾的內心和無意識之中還留有排斥。所以說，不管做什麼都特地把由里烏斯撇離選項。」

「────」

「由里烏斯很可靠的。雖然一開始很難搞又很難理解，這我承認。」

揮揮手結束話題後，菲莉絲就集中精神分析魔女教的魔石。

與菲莉絲的專注成對比，昴因剛剛的話心神不寧。

「我下意識地排斥那傢伙……是嗎。」

想得到的點在所多有。至少昴有自覺自己的內心留有對抗由里烏斯的心結。當然，之前的判斷中並沒有交雜私情，但是要論自己是否做到在無意識間也有所克制，就沒自信了。

「────」

苦著臉面向前方，突然鼻腔竄進一股香甜花氣。

開在路旁的小小藍色花朵，迎風搖曳的花瓣和楚楚可憐的模樣都讓昴憶起記憶中的燦爛花海。——那是過去曾跟愛蜜莉雅一起去過的花田。

「其實我是更想跟隔閡告別，凱旋而歸的……」

不只著急，退縮的心情也存在昴的心中。繼續沿著街道前進就會進入阿拉姆村，到時就開始誘導村民避難吧。

當然，裡頭也包含宅邸的人，亦即意味著再會。

「全部都收拾完再見面的話就帥氣多了。」

半途而廢，自己做什麼都是半吊子。

討伐魔女教也是隨隨便便，在王都被委託的任務也是做到一半。最重要的，是面對面的心情都不乾不脆，心情就跟幾個小時前吐露初衷時一樣沒改變。

在王都幹下那麼愚蠢的勾當，到現在都還沒能彌補。在這種狀態下怎能抬頭挺胸見愛蜜莉雅。那令胸口萬分抽疼。

當然，昴的尷尬和愛蜜莉雅她們的安全是不能拿來擺在天平上衡量的。

「——我犯了三條罪啊。」

那是在染成雪白的世界中，面臨死亡時被丟出的評價。

踐踏與她的約定，蹂躪她的心情，連她的性命都奪走。對他這愚蠢之輩的斷罪之言。

那是在第三次的輪迴，殺掉昴的帕克所留下的詛咒。

「好了好了，別想了別想了！怎麼可以帶著這種心情過去呢。應該要像拯救公主的白馬王子那樣才對吧。雖然地龍是黑的，我也不是王子，但還是要……氣派堂堂地過去。」

戰鬥吧，不是被威爾海姆這麼說了嗎？那個決心不是只適用於戰場，在人生的各種局面，都可以振奮受挫的心靈。

「沒錯吧，威爾海姆先生。」

「唔？……嗯，正是如此。」

朝著在前方不遠處的威爾海姆徵求同意，劍鬼猶豫了一下子就點頭。

然後，剛好目擊這段互動的由里烏斯嘆氣道。

「沒有什麼事可以讓威爾海姆大人傷腦筋的。內心所想自然不在話下，你也該稍微更處之泰然一點吧？」

「……我想的事跟你不是沒有關係喲？」

「我以為你已經從那件事認知到自己的錯誤並到達和解了。」

「道理和感情是兩回事啦！受不了，對啦。結果就是這樣。」

「——？」

昴粗聲粗氣自嘲，對此由里烏斯歪頭表達無法理解。

就像菲莉絲說的，昴從剛剛的對話就能自覺到自己排斥由里烏斯。道理上的接受，和情感上的接受，本來就不一樣。

話雖如此，以此做判斷的話就是本末倒置，這點也被菲莉絲說中。

「啊──對啦，沒錯。我有話，要重新，跟你再說一遍。」

不看並肩而馳的由里烏斯，昴結結巴巴地慎重開口。

為了盡快摘除自覺到的不合之因，昴費心咬文嚼字。

正面是左右被森林包夾、綿延細長的街道，只要順著這路就能抵達的阿拉姆村還很遠，像是為了提供兩人對話的時間。

「在街道會合時，雖然彼此都決定之前的事就付諸流水……不過抱歉。我似乎還是沒能辦到。」

「──────」

「並不是不信任你。只是，該說不擅長應付嗎，因為這個理由經常做出不好的指示……我被菲莉絲念了一頓。」

「──────」

「沒有啦，被菲莉絲講了也不能怎樣，但現在是必須團結一致的狀況，像這樣留有不信任的感覺是不行的，這點我也同意。所以說……」

「──────」

面對沉默的由里烏斯，昴繼續不著邊際、沒能踏入核心的對話。自己都覺得自己很煩，但不出聲附和的對方也有問題吧。

覺得尷尬的人就只有昴，這樣太沒道理了。

「你有沒有在聽啊？從剛剛就這樣，都是我在說——」

原本難為情而瞪著前方的昴，講到這邊口沫橫飛地撇頭向由里烏斯。瞪著裝腔作勢的美男子，決定要殺殺他的威風，到這邊昴都忘了自己是為了解決心結才開始對話——

「——!?」

正準備大罵，突然吹來的強風卻逼使昴用手臂遮住臉。

混雜著花香，突如其來的大風吹動瀏海，嚇得昴以為發生什麼事，然後這才發現。

——長長一列的地龍隊伍消失，剩下自己一人。

2

「啥——!?」

昴立刻察覺到這是異常事態，但卻不知道發生什麼事。

手依舊握著韁繩，凝神環視周圍。四周的景致跟方才如出一轍，自己依舊置身在左右被森林包夾的街道正中央。跟剛剛不一樣的，就只有原本近在身旁的同伴忽然消失無蹤，留下自己一個人在現場——

「不，我不是一個人。」

「——」

拉扯轡繩，渾身僵硬的昴還跨在帕特拉修背上。隔著龍鞍傳來的體溫依舊健在，可以想成原本接觸的東西是沒法分割開來的吧。

「既然如此，不是空間轉移就是瞬間移動……囉？」

在眨眼間自己跟同伴就分開了。能想到的方法也就這幾種。由於昴眼前的景致沒有變，這代表除了昴以外其他人都被帶走。

想當然耳，孤立昴就有利可圖的只有魔女教而已。

「可惡！現在不是發呆的時候，帕特拉修！」

一面自省掌握狀況的速度太慢，昴抽打轡繩，命地龍奔馳。帕特拉修鳴叫一聲，就用穩健的雙腳一口氣加速——嘗試用破風急馳的速度來脫離被孤立的狀況。這段期間，昴仔細看著四面八方，警戒來自周圍的攻擊。

如果理論是對的，那就不知道新的「怠惰」的「不可視之手」何時會飛過來。

「——」

但是，絲毫沒有昴所警戒的「不可視之手」飛來的氣息。心中浮現疑惑，於此同時帕特拉修的腳步也產生不安。其不安的原因就跟昴的疑惑一樣：都全力奔跑幾十秒了，景色卻完全沒變。

這個狀況，說明了這不單單是空間轉移。昴想起曾有過類似的經驗。

「像碧翠絲的無限走廊那樣……？可是，沒有門呀!?」

以前昴曾體驗過一次與這相似的現象。在羅茲瓦爾宅邸生活的少女碧翠絲，使用魔法讓走廊的空間呈現無限輪迴。那時候昴隨便亂猜打開了正確的門，所以狀況立刻解除。

可是這次卻沒這麼簡單。這次的地點在野外，也沒有門給自己瞎猜。也就是說昴的直覺在這裡派不上用場。

「可惡，才剛說不要一個人煩惱，結果就遇到這鳥事！」

面對困難就群體應對，才做出這結論沒多久就出現這種讓人想嘆氣的狀況。昴環顧四周，為毫無變化的風景不耐煩地咂嘴。

「喂──！有人嗎！有沒有誰在啊！回答我！有人嗎──!!」

著急的昴拼命吶喊，就算會吸引到敵人也沒關係。要是可以減少一個敵人接觸同伴，那總比什麼都不做還要來得好。可是，昴這樣的想法只是枉然，沒有任何敵人和同伴回應他的呼喚。

好奇怪，太異常了。是只有昴一個人被移動到不同次元嗎？雖然沒有完全搞懂這個世界的魔法法則，但有可能辦到這種事嗎？

「停下來，帕特拉修。冷靜下來思考……冷靜一點。」

帕特拉修接受昴的指示，慢下奔跑的腳步，最後停下來。雖然怕停下來的那瞬間被人狙擊，但一樣沒有感受到那種跡象。

森林安靜得可怕，能聽到的就只有風聲和蟲鳴。那麼多人的氣息一消失，就只剩下這些聲音和寂寞支配世界。

這簡直就像世界被魔女教支配時的狀況——

「……不會吧？不會的。」

想到這裡，明確的異樣感讓昴猛然抬起頭。看看周圍，景色沒變化。可是豎耳傾聽，可以聽見除了自己的心跳和帕特拉修的呼吸以外，還有像是鈴蟲的叫聲。——在魔女教的支配下，世界應該是無聲的。

「這不是空間轉移。所以這究竟是怎樣？」

自己並不是在魔女教的支配下被轉移。更何況還要準備會重複同樣風景的街道，就算是超級魔法使者都不可能辦到。既然如此，發生這狀況的前提條件就有誤。

回想一下，一開始發生什麼事？在自己變得孤零零的瞬間，發生了什麼事？首先是吹起一陣強風。然後，一切就變得奇怪。

「帕特拉修的『除風加持』應該還有在作用，其實應該感受不到搖晃和風才對，所以那陣風是從哪來的？」

「——」

「那陣風吹過來的瞬間，發生了什麼事。不對，如果有機關的話會在刮風之前。假如這是攻擊，那引人注意的就是……花香？」

花香，而且還是香甜的氣息。濃密的芳香混在風裡滑進鼻腔滲透到昴的腦子裡，然後那股香氣現在也還四處飄散到讓人覺得噁心。

「——嗯!?嗚、咦、這是怎樣？」

才剛意識到，之前一直忽視的花香就侵犯整個嗅覺。本能拒絕明顯有異的芳香，於是昴屏住呼吸來對抗危險香氣。

「我們一直在這種花香裡走來走去嗎？」

在無意識間潛進來的不可理解之力，叫昴打哆嗦。於此同時直覺到這個狀況的原因就出在這花香上。

既然如此，這香氣的源頭出在——

「開在路邊的這朵花。」

從帕特拉修背上下來，昴走向開在路旁的花朵。迎風搖曳花瓣的小花，很像原本世界的圓三色菫。可是，認定元兇就是這朵花而蹲下來時，昴陷入絕境。

既然花是元兇，只要摘斷就行了吧，或者踩死。昴沒有預先設想脫離方法，就決定直接動手摘花——

「呃……嗚!?」

正當要碰到花時，花朵像抗拒接觸般產生變化。

——花朵根部隆起，彎曲的藤蔓像鞭子一樣繞住昴的脖子。細細的藤蔓以驚人的力氣勒緊，超越想像的力道讓昴呻吟。

「啊、咕……啊嘎……！」

昴跌坐在地，用手指去抓陷進喉嚨的藤蔓。

好硬！不像是藤蔓植物的硬度拒絕指甲入侵，還想像生物一樣用殺意引渡昴為亡靈。昴往後仰，伸出手，朝著背後的帕特拉修求救。

黑色地龍在昴的後方，靜靜地看著與花格鬥的昴。牠沒有要動的樣子，就只是看著。內心湧出絕望。不過，在絕望前，異樣感先來臨。

「────」

至今都為昴犧牲奉獻的帕特拉修眼睜睜地看著狀況發生，這太不自然了。為什麼會發生這種事？有兩種可能。一是被捨棄了，二是牠沒看到。前者是帕特拉修主動割捨自己，所以可以斷定答案為後者。沒看到，花香，幻覺──

「根、根本……就沒有、這種花……！沒有這個花……!!」

否定眼前帶來「死亡」的花朵存在。沒有這麼危險的花。現在，有人迫使菜月・昴看著不可解釋的世界。所以這個是騙人的！

視野被淚水模糊。不對。是被淚水以外的要素給模糊。帕特拉修的身影變得朦朧，原本以為一直在一起的假帕特拉修消失了。這個世界沒有任何人，一開始就只有昴。

──騙人的!!

「──啊呼！嘎哈！咳哈！咳咳！呼哈！」

斷然拒絕這世界的瞬間，勒著脖子的藤蔓觸感消失。一被允許呼吸，昴就讓氧氣衝進肺部，然後邊咳邊泛著淚光看發生什麼事。

眼前，讓昴看到恐怖體驗的花朵正在燃燒。花瓣、藤蔓、根部，全都被火紅的烈焰吞噬，燒成黑炭掉落。而做出這行為的，就是在燃燒的花朵正上方搖晃的紅光——微精靈。

「又是、你……」

先前被女狂人囚禁時，救出昴的就是紅色微精靈。精靈拯救昴後，就翩然來到他眼前。

昴伸出手，手掌承接住溫暖的光芒。

「——！這是……！」

承受熱度，跟藍色花朵被燒光是同時發生。花瓣全都變成灰，甜香轉替為焦臭味，緊接著世界改變。

以為是無限的街道變得朦朧，左右兩旁的森林和天空混進來。世界彷彿油彩融化般扭曲歪斜，然後在一瞬間重新恢復。

世界再生了——不，是自己脫離幻覺，回到現實世界。

「——昴！」

有人呼叫。抬頭看向聲音來源，昴確切相信自己回到原來的世界。

肩膀上安置著紅色精靈，站在面前的由里烏斯正在呼喚昴。

3

「是你啊……」

「聽這討人厭的口氣，應該是你沒錯。我可不希望我潛意識中的你被重現到跟本人一樣。」

一回來看到的第一張臉讓昴沒精打采，由里烏斯則是小小諷刺回去。不過他立刻拉昴的手臂讓他站起，用下巴示意他看看周圍。

跟著看向周圍的昴，被眼前呆站不動的討伐隊給嚇到。討伐隊的成員不分人或騎獸，全都原地靜止不動。

「有人攻擊我們。這是幻惑系術式，雖然只有幾秒但意識會離開，現在就只有我跟你回來而已。你是怎麼回來的？」

「幾秒？我在那邊已經過了幾分鐘了吧？因為是在腦子裡嗎？」

「我沒想到你對這種魔法有抵抗力。你是怎麼回來的？」

「大家全都被這個吞噬了？幾秒鐘變成幾分鐘，被這招困住腳步的話就不妙了，想想辦法啊！」

「所以我才問你怎麼回來的！」

對話到後來變成互相質問，亂七八糟的狀況讓由里烏斯生氣。他這難得的反應讓昴瞪大雙眼，察覺到現在不是爭論的時候。

「在我的幻覺中，原因出在花朵，後來就燒掉了。不，說是燒掉但其實不是我放的火，總而言之問題出在花上，把花弄死就行。」

「花，花嗎。原來如此，把暗示術式乘著花香送過來。——但是，」

對話到此告一段落，由里烏斯環視身在法術中的同伴。然後在睜大眼睛看他要幹嘛的昴面前，緩緩舉起他的手。

結果，由里烏斯的手像是棲木一樣，出現許多光暈。雖然色彩繽紛但總共有六種顏色，其中也有救了昴的紅光。

「你！該不會……！」

「我的花蕾之光啊，現在去通知大家破除幻術的方法。——依恩！妮絲！」

由里烏斯直截了當回應昴，張開伸出的手的手指。像滑行一樣在他指尖點亮的，是黑白兩種光芒。兩道光芒增加亮度像要混合在一起，然後世界在瞠目結舌的昴眼前被光芒包圍。

「發、發生……」

什麼事了，還來不及講完，變化就先刺進昴的腦袋。

『嗯——！嘿咻——！嘿咻——！沒人在——耶！這裡是哪裡——！』

「啊？」

聽見了絲毫不解所處狀況的少女之聲——不對，嚴格來說她並沒有在面前說話。那不是聲音，而是想法。不是聲音透過耳膜，而是感情直接在腦內響起，將想法傳達給昴，而且還不只一個。

『分散了……不，是被分開了。這樣下去不妙。』『不好，太糟糕咧。不管怎麼搞破壞森林都沒變化。』『竟然在這種時候耍這種伎倆……！庫珥修大人……！』『姊姊！姊姊！妳在哪裡!?』『提比可能會哭喔──』

「嘎、啊……！」

全部跑進來了。跑進來的想法宛如濁流，毫不留情地穿越昴的耳朵直達頭蓋骨裡頭的大腦，無法處理的量一口氣湧入。許多人的想法和感情宛如帶刺尖球般在腦子裡彈跳，讓昴痛苦呻吟。分不清楚是痛還是難受。既不是痛楚，也不是難受，就是覺得很沉重。

「──親和性太高了嗎？抱歉，先深呼吸忍耐一下。」

「你、你、你這傢伙……！」

「現在沒法單單為了你調律，要以拉回所有人為優先。」

說完這句，由里烏斯就集中精神施術，閉著眼睛一動也不動。

自己痛苦的原因出在這美男子身上，讓昴在煩悶中口出惡言。雖然照著他說的深呼吸，但卻沒帶來片刻安寧。即使是現在，腦內依舊充滿大量的想法，再這樣下去腦汁會從耳朵流出來的。思考不可以被蓋過，昴這麼想。

渾濁的想法和攪拌的意識都是由里烏斯所為。為了傳達破解幻覺的方法，他正在用某種魔法設法營救大家。在思考中，每個人幻覺裡頭的藍色花朵都凋零，有好幾人脫離了幻覺，離開了想法漩渦中。但是還很多，還有很多人被幻覺囚禁。重複的想法波動還在交錯。不過就像刺被慢慢拔除一樣，想法波動的數量逐漸減少，大家慢慢從幻覺魔掌中回到現實。

「只要等所有人都脫離……」

身在連耳鳴都是他人想法的大浪中，昴冒著冷汗忍耐，粗魯地擦去額頭上的汗，仰頭朝天喘氣。緊接著。

「——唔！」

聽見微弱的氣息。發信源在空中，大家的頭上。仰望森林裂縫、街道天空上的太陽，而背對太陽的影子就在昴的身旁落地。

影子看都不看正在解除幻術的由里烏斯，一把抓住昴的手。

「哦、哇……！」

集中心力施術的由里烏斯沒有動，昴就這樣被白影抓住，整個人幾乎被拉倒在地。

從頭罩著白色斗蓬、看不見臉的白影不容分說地就要將昴帶走。昴在瞬間就直覺到眼前的人就是施展幻覺的術師。當然，一定是魔女教的人。要是昴在這裡被帶走，討伐隊就失去對抗「不可視之手」的手段。

「混帳！等一下，誰會照你的意思……咦!?」

雙腳踏地想要抵抗的瞬間，軸心腳就被掃過，昴連話都來不及講完整個人就被翻過來。體術等級差太多，昴根本就不是對手。

然後，白影拉著倒地的昴試圖離開現場——

「喝啊啊啊——！」

不過卻被伴隨吆喝的銀光給中斷。

踏步往前施展劍擊的人，是早早脫離幻覺的威爾海姆。

劍鬼朝著讓自己陷入法術的對手釋放灌注怒意的神速之劍。畫出弧形的斬擊沒有任何放水，直刺纖細的白色人影。可是——

「哇噗!?」

白影粗魯地把昴扔進草叢，以驚人的身段避開劍擊。見對方的身體以最小的動作進行閃避，讓深信是必殺一擊的威爾海姆驚歎不已。

「——芙拉！」

彷彿要吹散那驚嘆，人影伸杖轟出魔法，目標是威爾海姆的腳下。地面被轟得整塊挖起，劍鬼前進的速度因此被遏止。

敵人此時刻意往前跳，伸出的手指抓住威爾海姆的身體。

「咕……！」

鍛鍊有素的腹肌使力，想像不到是從嬌小身軀施展出的威力強行抬起威爾海姆的身體，扭曲大氣的杖尖就這樣朝向劍鬼，誕生的強風奔流就這樣切割劍鬼——在那之前就被鋼鐵斬斷，瑪那因此爆裂。

「──────」

在剎那間的攻防交換了致死一擊後，威爾海姆和白影拉開距離。是敵人能夠使用魔法的中距離，光是要接近對方就對威爾海姆不利。但是不利的要素──被人數的優勢給蓋過。

「喝呀啊!!」

大砍刀朝著往後退的白影背後用力橫掃過去。里卡德發出咆哮的一擊，威力足以貫穿匹敵岩石的白鯨表皮，要是中招的話就會把人擊飛出去的一擊命中毫無防備的白影，纖細的身子被用力打飛──

「什麼鬼玩意!?」

可是，使出必殺一擊的里卡德不是發出勝利嚎叫，而是驚愕。

原因在飛出去的白影──不對，是自己旋轉飛起來的敵人。白影配合里卡德的打擊旋轉身體，抵銷並帶過衝擊。

要有怎樣的本事才能做出這種反應？簡直就是絕技。

「本領很高，但是──」

「如果以為我們會讓你隨心所欲就大錯特錯咧，喝啊──!」

夾在劍鬼的稱讚和大狼的咆哮中，敵人旋轉掌中的短杖應戰。

大砍刀瘋狂肆虐，銀閃盡情舞動，形成一擊必殺的空間。白影像跳舞般鑽過那空間，在空檔使出魔法與兩名戰士應戰。

以兩名討伐隊主力為對手，還能善戰到如斯地步。

但是，超越常識的攻防戰卻被第四人介入的刀刃給強制停止。

「————」

「雖是敵人，本事卻叫人著迷。不過，也到此為止了。」

屏息的白影，頸項正抵著由里烏斯的騎士劍。

攻防的期間討伐隊受到的幻術全都被解開。爭取時間卻錯過逃跑時機的白影停止抵抗。不只由里烏斯，威爾海姆和里卡德兩人分別站在白影左右兩邊牽制。對手也認定自己無路可逃了。

「勝負已分。」

「……動手吧。本人是不會接受屈辱的。」

被敵意包圍的白影以極度無感情的聲音接受生命的終結。聲音高亢，白袍下的肩膀纖瘦，在對方詠唱魔法時就已經知道對方是名少女。

勇敢的發言讓威爾海姆瞪大雙目，由里烏斯和里卡德也面面相覷。回到現實、掌握事況的討伐隊也跟著動搖。

「等、等一下！等一下等一下！稍等一下！」

這時舉手大聲滾出來的人，是渾身沾草的昴。

被扔進草叢後，昴就默默看著沒法介入的戰鬥，不過戰鬥一出現結果，聽見少女的聲音後他就忍不住衝了出來。

並非對方是少女，而是因為聲音很耳熟。而對方也對跑出來的昴感到熟悉。

「──毛。」

「啊啊，那個稱呼真叫人懷念。是說，真的是妳啊。」

來襲者的身份出乎意料，昴虛脫地吐出長長一口氣。看到昴的反應，身披白袍的人脫下帽兜。

底下露出粉紅色頭髮、淺紅色瞳孔以及惹人憐愛卻表情嚴肅的少女面容。

「──拉姆。」

就是羅茲瓦爾宅邸的女僕・拉姆本人。

4

「所以，到底是打算怎樣，好好說明一下毛。」

將討伐隊逼至前所未有的絕境，還跟威爾海姆他們演出武打戲的拉姆拍去身上的髒污，用不開心至極的目光刺向昴。

「什麼到底打算怎樣，我才想這麼說咧……」

被嚴厲的視線瞪到退縮的昴環顧街道的慘狀。

森林和街道有方才攻防戰的痕跡，還有脫離幻術後在喘氣的同伴。很幸運的，幻惑系術式的

後遺症頂多只有輕微頭痛，包含拉姆在內都沒出現傷患。但縱使無人受傷，問題又不是這樣就算解決。

為什麼會變成這樣子？昴忍住不嘆氣，看向拉姆。

「妳先發動攻擊，所以我們就反擊，大致就是這樣囉。自相殘殺是最惡劣的情況……威爾海姆先生，沒受傷吧？」

「只有被風魔法造成的擦傷，之後拜託菲莉絲就行了。這不重要，幸好沒有砍中她，要真是如此事情就無法挽回了。」

威爾海姆舉起手，展示被割破的袖口後苦笑。蒙受他的大人大量，昴撫摸胸膛鬆一口氣。

「威爾海姆……威爾海姆‧范‧阿斯特雷亞？」

聽到對話中老劍士的名字，雙手環胸的拉姆喃喃道。被稱呼全名的劍鬼轉過頭來，拉姆點頭說：

「哦——真沒想到對手會是『劍鬼』。拉姆會輸也是在所難免。」

「跟全盛期相比，現在是名過其實。儘管日日努力避免衰退，但終究敵不過年邁。跟過去相比本領退步個一倍。」

「這話由退步了還那麼強大的人口中說出來，感覺像挖苦諷刺呢。」

威爾海姆的謙遜得到拉姆這樣的評語。劍鬼雖然視拉姆這樣的態度為友好，但昴可不這麼想。加上剛剛發生的事，讓他粗聲粗氣地對待拉姆。

「妳呀，怎麼對威爾海姆先生這種態度？對我像平常那樣就算了，可是對外面的人應該要更有禮貌……好痛！」

「毛是想教拉姆怎麼接待外人和客人嗎？原來如此，就這麼辦。有失禮數還請恕罪，客人。」

用手指彈咄咄逼人的昴的鼻頭後，拉姆就優雅地當場一鞠躬。做出完美的佣人舉止後，她那像洋娃娃的臉龐上浮現冷笑。

「再次失禮告知，前方為羅茲瓦爾・L・梅札斯邊境伯大人的宅邸。現在，依照主人的命令，局外人禁止入內，懇請右轉倒頭回去。」

「妳的本性在最後都出現啦，而且……那是什麼意思？」

「沒有任何意思。現在，宅邸周邊是戒嚴狀態，不容許局外人接近……這種話，就算跟不懂感恩圖報的毛講了也沒用。」

「不懂感恩圖報……？」

無法聽過就算的評語讓昴表情陰沈，拉姆則是點頭稱是。

「沒錯，確實如此吧？明明蒙受羅茲瓦爾大人莫大的恩情，卻在利用完後就立刻投靠別的主人。還是說，毛打一開始就是為了拉攏我方才演戲？如果是的話還真的著了毛的道。」

「等一下！話題對不上啊！怎麼事情整個岔開了！」

「被養的狗反咬一口就是這麼一回事呢。」

「聽人講話啦！」

辛辣的態度是拉姆的正字招牌，但裡頭包含的敵意是貨真價實的。親友投射的目光冷酷到叫人快要渾身打顫，昴拼命傾訴事態有異。

她的態度會如此頑固一定有理由。為了不讓事情變成這樣，為了不產生誤會——

「……對了，親筆信！就是怕會這樣才寫了親筆信！那信沒有寄到宅邸嗎？」

「——親筆信。」

昴擊掌，找出能夠洗清撲朔迷離事態的可能性。結果，一聽到那個字眼，拉姆就瞇起眼睛。看她那反應，信絕對有送到。

但是她的反應卻不是好感——

「……拉姆，妳為什麼生氣？」

「確實有收到來自王都的信，不過要說是親筆信的話實在無法接受。」

沒有抑揚頓挫的聲音，蘊含著拉姆難以忍受的怒意和熱度。昴不明白何以她會有這感情波動，拉姆則是鼻子噴氣像在叫他不要再裝了。

「想說這麼誇張地派出使者，結果收到的信——是一張白紙，還真是有意思的親筆信呢。究竟是打算怎樣，毛？」

「白紙親筆信!?」

得知出人意料的事實，昴震驚無比。瞪著翻白眼的昴，拉姆在眼中摻入怒氣。

「信封還細心地用蠟封住，封蠟的圖騰正是卡爾斯騰家的家徽『顯露獠牙的獅子』。亦即同為王選候補者的庫珥修・卡爾斯騰公爵的宣戰佈告……我們接受了。」

「怎麼可能，亂講！為什麼那麼快就做出結論……」

「寄出白紙信件，暗喻著與對方無話可說的意思。會被這麼認為也是無可厚非。」

拉姆的結論讓昴驚慌失措，這時打岔的是威爾海姆。他眉心擠出皺紋，面帶嚴肅朝著昴搖頭。

「假如收到白紙書信，我也會做出跟她一樣的判斷。因為那意味著敵對。」

「那要是不小心把白紙寄出去的話怎麼辦！要是這樣就引發戰爭，史書上要寫原因是『不小心』嗎？」

「那就是選錯邊，只能死心開戰。話說回來，拉姆不會僅憑一封信就相信彼此是敵對勢力。不過，問題卻重疊了。」

「問題重疊……還發生什麼事嗎!?」

不好的事已經重疊過多，沒想到還發生其他問題。

「從前天開始，宅邸周邊的森林就安靜得不自然，可是拉姆的眼睛始終掌握不到什麼。結果，今天不但出現武裝集團，還是用白紙書信宣戰的卡爾斯騰家大軍……拉姆像小鳥的心臟差點破裂也是無可奈何的吧？」

「嗚嗯……！」

看拉姆朝自己拋媚眼，昴那像跳蚤的心臟才快要破掉呢。

威爾海姆抬手扶額，一臉擔憂。昴則是很想詛咒猶如惡夢纏繞的狀況。真是惡劣到極點的搭配。

也就是說，拉姆誤以為「親筆信」、「魔女教」、「討伐隊」全都是敵對陣營的動作。而昴在這裡頭就成了背叛愛蜜莉雅、投靠庫珥修的罪大惡極之人。

「妳整個誤會了啦！是說我看起來那麼狡猾嗎!?」

「被養的狗反咬一口就是這麼一回事呢。」

「妳還說!?」

「根本說不夠呢。不過，算了。拉姆大致上了解了。」

雖然損人不遺餘力，但拉姆在對話中已掌握了大略吧。有可能是因為從昴應答的樣子感受不到投機取巧的智慧。

「白紙親筆信是哪裡出了差錯，毛還是愛蜜莉雅大人的忠狗……可以這麼想嗎？」

「說法不好聽但可以。狗就像家人一樣嘛，如果是愛蜜莉雅那要我當狗也行。」

「志氣不該這麼低吧。」

被威爾海姆彈劾目標過低，但害怕話題沒有進展的昴搖頭以對。總而言之，既然誤會解開了就該進入正題。

「包含威爾海姆先生在內，這票人全都是援軍，是我們的同伴。是為了把讓妳不安的傢伙給一次揍飛而聚集起來的喔。」

要是因為惡劣的誤會，導致好不容易締結的同盟瓦解就慘了。害怕這事發生的昴做好心理準備後，朝拉姆揚眉吐氣地說。

聽了這話拉姆皺眉，昴趁機把話說完。

「留在王都的目的達成了。——愛蜜莉雅和庫珥修小姐已經締結了對等同盟，在此的人就是證據。」

5

解開誤會後，昴一行人立刻隨著拉姆前往阿拉姆村。

本來就沒時間浪費在無意義的事上，又因拉姆誤會而戰鬥拖延了時間。因此在前往村莊的路上，昴一手包辦解釋作業。

彼此屬於同個陣營，累積了很多話要說，所以昴很感謝討伐隊同伴的貼心。

關於方才發生的事，他們也接受昴的道歉和拉姆的謝意，沒有多做反應。多虧沒有傷者，才能迅速再上路。

「盡是給威爾海姆先生添麻煩……結果，害他連傷口都藏起來。」

「他是很出色的人物，就跟傳聞一樣。」

「對吧？吶──？沒錯吧──？」

「為什麼是毛這麼開心？噁心耶。」

讚美劍鬼的話引來手握韁繩的昴的過度反應。一手繞住昴腰部的拉姆毫不留情地扁嘴，然後用另一隻手戳他側身。

現在，兩人共乘漆黑地龍。昴只用眼神回望側坐在自己身後的拉姆，回想剛剛的攻防戰。

「話說回來……那個幻覺攻擊是怎樣？妳能使用的魔法應該只有風系魔法吧，怎麼沒聽說還有另一招。」

「合併使用風系魔法和可產生幻覺的藥就行了。其實是想就這樣困住你們，只帶走指揮官的……沒想到竟然會被毛解開。」

說到這拉姆停頓，點頭如搗蒜後才又說下去。

「八成是對藥產生抵抗力了。畢竟藥的成分取自於平常喝的茶葉。」

「妳每次都讓我喝毒藥嗎!?」

「開玩笑的啦。」

聽起來不像玩笑，但昴沒有繼續追究。不是因為害怕確認真偽，而是感受到她貼著自己的手臂在發抖。

那應該是緊張過後的結果，沒法壓抑而顯現出來的症狀。

「抱歉讓妳莫名警戒。不管原因是什麼，妳都真的認真起來了呢。」

「是啊。認真到誤判的地步。——後面的人，真的可以信任嗎？」
「妳是指他們會不會趁機攻進宅邸？雖是被麻煩傢伙盯上的地方，但庫珥修小姐好像不是很想這麼做喲。」
「……潛入森林的，是盯上愛蜜莉雅大人的不法之徒呀。」
「這一點，真正的親筆信上應該有寫到才對。」
拉姆的言外之意暗示魔女教的存在，昴為狀況出現摩擦一事感嘆。
沒想到保險措施在拆開信封後成了最大的陷阱。可是，親筆信以白紙狀態寄到宅邸的事實，單獨分開來看就已經顯現出其他問題。
——有人替換親筆信，意圖讓愛蜜莉雅和庫珥修決裂。
「送信到宅邸的使者怎樣了？」
「慎重地安置在宅邸內。要是有什麼萬一，就可以拿來交換人質。」
「交換人質……」
與庫珥修陣營的人交換人質，假如真要實現，愛蜜莉雅陣營要取回的人選也只有昴和雷姆兩人。
回想奇襲之際，拉姆第一招就想直接帶著昴離開。那個亂來的奇招，說不定是為了救回身陷敵境的昴。
不過就算問拉姆自己的推測是否正確，她也一定不會回答吧。

反正最有問題的人已經被關在宅邸裡。要是派去的使者就是間諜，那只要逼問他就行了。

「對了，可以暫時不用擔心藏在森林裡的敵人。基本上他們已被擊潰七成，剩下的敵人只剩三成，而我們已經準備好釣出他們的手段。」

「……擊潰七成敵人？毛，你說的是殲滅吧。」

原本改變話題的目的是要告知戰果，但聽到的拉姆卻驚訝不已。

在近代戰爭中，損失三成戰力的話就可以用「全滅」來表達，但在沒有後方支援部隊的時代，七成戰力被擊潰是很不得了的事。魔女教已經是瀕臨崩壞局面。

「不過，在打倒最後一人之前都不能算是全滅對方。還要一陣子他們才會察覺人數減少，到時自暴自棄我們可就傷腦筋了。」

「為此才聚集龍車用來避難……在宅邸打守城戰是下策？」

「那些傢伙會理所當然放把火把人燒出來的。我也討厭塞滿我們回憶的屋子被燒掉，所以還是用簡單易懂的逃跑法比較好吧。」

帶來的援軍，以及跟隨而來的旅行商人龍車車隊。說明他們各自來到此地的目的後，拉姆閉上眼睛深思。絕大部分都是昴的專斷獨行，她會覺得困惑也是當然，即便如此——

「抱歉我自作主張，不過這是我的判斷。決定權……羅茲瓦爾不在宅邸吧？」

「——是的。目前羅茲瓦爾大人在嘉飛……前往了『聖域』。所以現在的拉姆是遵從愛蜜莉雅大人的指示。」

「讓接近村莊的人陷入幻覺並加以擊潰，也是愛蜜莉雅的指示？」
「那是拉姆的判斷。」
「對嘛。」
就算情勢所逼，這命令以愛蜜莉雅來說也太過粗暴。
為此安心後，昴撫摸胸膛。
「……這樣就安心，是昴的天真之處呢。」
「啊？」
「拉姆說可以看見村子了。」
沒聽清楚的昴反問，拉姆則是指向前方。跟著看向她所指的去路，確實可以看見阿拉姆村的入口了。
在幻覺中會綿延無盡的街道結束，然後昴回到了懷念得無以復加的場所。
「終於回來了嗎……」
村莊在第一輪和第二輪都成為煉獄。前一輪好不容易回到發生慘劇前的村莊，但昴的精神卻幾乎消磨殆盡。所以這真的是頭一次安適回歸。
昴還是昴，並伴隨著確實回來了的真實感一同抵達。
「不過……不是很受歡迎呢。」
通過入口進入村莊廣場的討伐隊——那肅穆的氣氛，讓家家戶戶都陸陸續續探頭察看，而且他們的表情絕對稱不上開心。這是當然，村裡突然出現武裝集團，當然會產生不安與混亂。

「拉姆，妳怎麼跟村民說的？」

「……就只有叮嚀不要隨便亂跑，還有別進森林裡。沒有觸及具體的事態。」

「好，很棒的判斷。」

就算是臆測，此時若出現魔女教的名字，村子就會陷入一片混亂吧。這樣一想，拉姆視庫珥修陣營為敵人反而有功。

「喂，那不是……昴大人和拉姆大人嗎？」

「真的耶。昴大人回來了啊……」

村民們也開始注意到騎在龍上的昴和拉姆。

率領大軍的自己集注目於一身，昴順便爬下帕特拉修。從這狀況來看，昴有必要說明。

「毛……」

「我來說，妳等一下。——威爾海姆先生，由里烏斯，里卡德。」

翻掌制止拉姆，昴喚來討伐隊中的三名主力。

選擇他們，是為了增加對村民的說服力。帶著從外表看起來就很可靠的三人，昴威風地踏進廣場正中央。

「昴，他們很不安，別忘了這點。」

由里烏斯咬耳朵，昴點頭，深呼吸後用力拍手。這熟悉的行為，讓村民張大眼睛準備聽取狀況。從這反應確認大家都盯著自己後，昴張開嘴巴好解除他們的不安。

「來，注意！聽好！各位，好久不見。好多天沒見了，大家好嗎？」

「────」

「我知道帶著大批人馬回來很突然，不過今天想拜託大家一件事。」

重逢的招呼就隨便帶過，昴切入主題。看到他這麼大聲宣告，遠遠望著他的村民們面面相覷。

所有人都認識昴，他們也都是昴認識的人。理解他們現下的不安與混亂後，昴用盡可能溫柔的聲音，連珠砲地說不停。

為了讓大家成功避難，所以要快速傳達事情，不給他們思考的選項。

「其實這片森林裡，還有魔獸在作亂。所以說，我帶了驅逐魔獸的業者來……然後希望大家在驅逐期間能夠離開村莊。當然，我們準備了交通工具，雖然坐起來可能有點不舒服。」

將真相隱瞞在謊言後，昴選擇不會刺激到村民的話，推進話題。

魔獸造成的騷動是在兩個月前，對他們來說還記憶猶新。結界後方是魔獸棲息地的狀況不變，所以應該很有說服力吧。

身後是一看就知道曾身經百戰的討伐隊，交通工具是多名旅行商人的龍車。雖然感覺有點強迫，但應該能掩蓋魔女教侵襲的事實。可是──

「避難時間是半天，就算拉長頂多也才一、兩天。雖然會給大家添麻煩，但這也是為了大家的安全，所以還請接受……」

「——為什麼要撒那種謊？」

——那終究是昴憑自身常識所做的判斷。

「咦？」

突然被打岔讓昴愣住。看過去，出聲的是平頭年輕人，隸屬於村中的青年團，跟昴的交情是經常聊天打屁。

他好像是不小心說出嘴，不過一跟昴四目相交，猶豫了一下後就往前踏出一步。

「帶了大批外面的人來，說要討伐魔獸？為什麼要這樣？」

「當然是因為危險啊。之前不是曾發生魔獸事件嗎？為了不讓那種事又發生，所以這次才要提前對應……」

「請不要敷衍我們！」

昴試圖導正殺氣騰騰的氣氛，但青年不買帳。他木訥的臉面露愁苦，雙拳顫抖瞪著昴。

那是壓抑的憤怒、失望，以及難以忍受的恐懼。

「昴大人是怕我們不安才不敢明講……但這樣子，村子裡的人反而都很怕！一定是魔女教想做什麼吧！」

「嗚……」

青年大動肝火的叫喊，讓昴頓時語塞。

他的聲音響徹全村，別說村民了，連商人們都跟著動搖。討伐隊雖然沒有受到影響，但不安穩的對話走向讓他們的面部表情增添嚴峻。

「果然，您沒有否定呢。」

從昴沉默的態度中找到答案，青年有氣無力地低語。村民開始鼓譟，蓄積的不安一口氣滿出來。

「昨天宅邸的人說的果然是魔女教……為什麼會到我們這種鄉下村莊……！」

「還用得著說嗎，想也知道！不就是領主大人做的那件好事！」

「為什麼要支持半妖精……支持半魔……」

他們口述的不安，讓昴痛切感受到拙劣的粉飾所帶來的反效果。

村民老早就知道了，席捲自己村莊的不安穩氣息，跟居住在領主宅邸裡的愛蜜莉雅脫不了關係。

他們可沒昴期待的那麼無知，而且還因此理所當然地否定了昴的計畫。

「等一下！對不起！是我不好，我道歉！可是……」

「————」

認知到說服村民失敗後，昴道歉。於此同時注意到。

村民有人悲嘆，有人生氣，還有人怨恨。

他們的負面想法，還有難以對抗魔女教的恐懼，這些負向感情不是只針對魔女教，還投向沒見過的半妖精。

「為什麼會變成這樣！半妖精跟愛蜜莉雅沒關係吧？」

「不可能沒關係吧!?只要扯到半魔，魔女教就會出動，這種事連村裡的小孩都知道！可是領主大人不但藏匿半魔，還推薦她當這個國家的女王！開什麼玩笑啊！」

「——呃！」

青年像哀嚎的怒罵，讓昴像是被砍到一樣說不出話來。看到他這反應，青年也撇離目光低下頭來，但是沒有訂正自己的發言。

昴看看周圍，其他村民的大大小小雙眼，都能窺見同樣的感情。

「大家也都是這麼想的嗎？覺得全都是宅邸的半妖精害的嗎？」

沒有回應，但這沉默勝於雄辯。

和村民一同度過的兩個月時間，發生、共享了許多事，加深了彼此的友誼關係。昴一直這麼認為，所以才會拼命想救他們。

而且還相信自己的這份心情，他們一定會毫不質疑地接納。

「意思是說，這也是我任性自私的想法嗎……？」

魔女教的恐怖——深植在這個世界的人們心中，昴錯估了其深度。歷史的負面爪痕，深到連他相信的善良村民們都無法抵抗。

這樣的事實讓昴無力地垂下頭。——但是，有人自身後拍他的肩膀。

拍他肩膀的人物站到他隔壁，吐氣。

「抬起頭來。——不要往下看，庫珥修大人絕對會這麼說的。」

「你……」

「昴啾覺得自己做的事是錯的嗎？既然不覺得有錯，就用不著低頭。」

站在旁邊的菲莉絲斷言，想都沒想到會被他鼓勵的昴大吃一驚。尤其又對他口中的內容有印象，所以更是加倍吃驚。

其實那正是庫珥修在不同輪迴中對昴說過的話。

「還是說，在這邊抬起頭會比待在城堡裡說大話還要難？」

「……我說啊。」

菲莉絲的挑釁，讓昴肩膀整個垂下。

自己到底要被那一次的事揶揄到什麼時候呢？不過——

「——沒錯。跟那時候相比，根本連屁都不是。」

雖說自己的話不被人接受這點還是一樣，但現在做的事情絕對是正確的。

昴已理解到村民們對半妖精的避諱有多麼殘酷，而那也確實在自己的心中留下陰影。

但是，那是既定事實，絕非立刻就能改變的想法。

所以才要用接下來的行動，一點一滴地改變愛蜜莉雅身旁的一切。

「雖然什麼都還沒做，但這也不是說要改變就能變的東西。」

假若留下不好的評價，那就只能用好的結果來覆蓋。而現在為了彌補那來不及的時間，昴才會有這次的行動。

——昴想相信，這正是菜月•昴回來的意義。

「大家的心情和投訴我都了然於心了。我不會要各位立刻有所改變。大家會那麼想也很正常。雖然難過，但我明白了。」

「昴大人……」

「但是，現在請先忍住。我了解你們想抱怨的心情，不過如果想要暢所欲言，現在請先遵照我的指示。目前，待在村子裡真的很危險。」

看到昴用真摯的目光這麼說，村民們個個沉默。雖然對村中的沉默感到難過，但還是讓時間就這樣過去。

「——本宅佣人說的話，就是領主羅茲瓦爾大人的命令。原本你們這些領民就沒有拒絕的權限，快點遵從指示。」

不過，嚴峻打破這段停滯的，是從頭到尾旁觀的拉姆。

她走出討伐隊的行列，站在昴身邊和村民對峙。在她威嚴的目光和強力的發言下，掀起村民的震驚和喧嚷。

「等、等一下！我知道妳嘴巴一向很不饒人，但這種說話方式不好吧。大家都是住在這邊生活的人，會困擾是很正常……」

「身為領主代理人的自覺不夠，這點毛也一樣呢。」

一反抗拉姆的高壓言論，就被她用厭煩的目光瞪視。

「要是此次避難發生問題或損害，那全都會被歸為領主的責任，屆時將會有所補償。有顧慮的人就報上名來。——這是羅茲瓦爾大人的判斷。」

「——」

說法嚴厲，內容更是苛刻。但是，雖然態度不容分說，提案的內容卻貼近領民的不安，昴和村民全都很驚訝。

只不過，大家也都知道拉姆贊成昴的意見，所以才以佣人的立場運用領主的權限強迫村民接受。

「啊—拉姆講話很難聽，真抱歉。不過，坦白說，我的意見也一樣。請各位先離開村莊避難。事出突然，所以沒法讓各位好好準備。」

「——」

「因此，損害賠償方面由我負起責任向羅茲瓦爾爭取。還請各位相信我，照著我說的做，拜託了。」

接受拉姆的意見，昴不是訴諸以情，而是改為理性訴說。面對冷漠的拉姆和殷切懇求的昴，村民沉默半晌，然後點頭像是放棄爭論。

以強權逼使服從，村民其實都不能接受，但終究取得了他們的同意。現在總算可以帶大家去避難了。

「唉……」

好不容易告個段落而安心吐氣，結果和站在後方的同伴嘆氣聲相重疊。

每個人都很緊張不安，不過這層障礙已經跨越過去了。

「不過話說回來。」

「幹嘛？」

和同伴們分享安心後，昴凝視身旁的拉姆。拉姆對這視線感到莫名其妙，不過她的話毫無疑問推了自己最後一把。

雖說那是拉姆的一貫風格：難以理解的嚴厲溫柔。

「妳竟然會說要大家遵從我的指示，是認同我了嗎？」

「哼！」

拉姆用鼻子噴氣的態度，讓昴感到稍稍被救贖了。

6

避難時間最長要兩天，只能攜帶最低限度所需的行李。視準備的狀況，村民開始依序避難。

那是昴向勉強同意的村民所發出的指示。

「龍車總共有十五輛，七個人坐一輛的話，應該大家都有得坐。」
確認村民人數後，昴拜託青年團點名，以免遺漏任何人。
既然決定要避難，他們也不希望會發生額外的問題吧，雖然面對討伐隊顯得還很拘束，但都有乖乖遵從指示。
再來，就是非解決不可的問題——
「跟待在宅邸裡的愛蜜莉雅大人和碧翠絲大人說明。」
看向村子通往宅邸的通道，拉姆手插腰這麼說。
村子裡的避難準備問題已獲得解決，再來就如她所說，要說服宅邸的人。而且這對昴來說也是最大的問題。
「村子都吵得鬧哄哄了，愛蜜莉雅在幹嘛？」
時間早就過了凌晨，已經到了清晨的時間帶。雖然對大多數的人來說還是睡覺時間，但這幾天來梅札斯領地的狀態應該很難讓愛蜜莉雅熟睡。
根據拉姆的證詞，已經確定她的攻擊與愛蜜莉雅無關。但正因如此，村子和森林鬧成這樣愛蜜莉雅卻沒反應，反而叫人在意。
而昴的疑問，由帶著些微憂慮目光的拉姆回答。
「因為愛蜜莉雅大人忙到凌晨，現在應該還在休息。從王都回來後就失魂落魄的她，這幾天內心都無暇休息，應該非常疲累。」

「嗚咕……」

「簡直就像在王都因為男人而遇到倒楣事。」

「不要做討厭的補充啦！……雖然我沒法否認。」

客觀的意見讓昴的罪惡感一口氣擴大。在王城發生的事，當然對愛蜜莉雅造成很大的傷害，所以昴也沒法反駁拉姆輕蔑的眼神。

「羅茲瓦爾大人不在的期間，宅邸和村莊的異狀就只有愛蜜莉雅大人可以應對。不過，看剛剛村民的態度，就知道大家對愛蜜莉雅大人的反應了吧？」

「雖然可以想像，但我不想隨便說出來。……是拒絕吧。」

「拒絕？還真是簡單容易的想像呢。」

對昴的話嗤之以鼻後，拉姆的表情立刻轉為冷徹。

「——是否定。假如是被拒絕，那還有伸手的餘地。伸出的手被拍掉，至少意味著接觸。不過，否定又如何？」

「————」

「假如連接觸都抗拒，那該怎麼縮短距離呢？」

拉姆彷彿在測試自己的話，昴答不上來。而她似乎也沒在企求答案，馬上就嘆氣，說：

「拉姆說了很壞心的話呢。愛蜜莉雅大人早就察覺到森林有異，所以要村裡的人到宅邸避難，可是卻被村民拒絕了。毛也知道愛蜜莉雅大人不是那種被拒絕就立刻退下的懂事人物吧。」

「不過，我也知道她不是那種被刻薄對待還不會受傷的女孩子。」

愛蜜莉雅會用自己的方式來處理魔女教帶來的不安定，只不過那並不能解除村民對半妖精的頑固心結。

或者該說村民的過度反應，其實來自於和愛蜜莉雅的對話結果。

「在那之後，愛蜜莉雅呢？」

「說服多次被拒絕後，因為坐立難安，所以就去重新調整森林的結界了。由於無法斷定異狀與魔女教有關，所以也不能忽視魔獸的危險。」

「這倒也不是不好的判斷啦……」

「還有昨晚收到白紙的宣戰佈告後，就煩惱到凌晨的樣子。」

「連在這邊都出現啦……」

拉姆揶揄人的說法，讓昴為「親筆信」無所不在的損害而呻吟。

報告在王都發生什麼事，避難的準備，愛蜜莉雅等人的不安以及拉姆的獨斷專行——次要的損害也不勝枚舉。與此騙局的單純度相比，效果痛得很顯著。

「不管怎樣，既然避難方面已經做好這麼多的事前準備，相信愛蜜莉雅大人也不會反對吧。只要到宅邸報告，相信她會立刻同意。」

「————」

「毛？」

「沒有，我知道。只是心臟有點痛而已。」

朝著覺得奇怪的拉姆搖頭，昴刻意去意識快速的心跳。即將再次見到愛蜜莉雅，使得緊張感到達最高潮。

就如拉姆說的，面對大批人馬的協助，愛蜜莉雅絕不會冷淡拒絕。所以說，昴會不安與緊張，問題出自於內心。

「由里烏斯，跟我一起來。去跟宅邸裡的愛蜜莉雅和蘿莉說明吧。」

「找我？」

下定決心的同時，昴呼喚正要巡視周圍的由里烏斯。他為自己被指名一事感到意外，昴則是點頭回應。

「嗯。有你在我身旁，說服力就不一樣。請好好地成為我為自己在城堡的所作所為有深切反省的證據。」

「原來如此，我了解了。只要能讓事情順利進行，不用客氣儘管利用我吧。」

美男子面露理解，流暢地行禮回應昴的提案。那動作令昴露出苦瓜臉，但斜眼目睹一連串互動的拉姆帶著嘆息說：

「真像毛會耍的小動作。太小了。」

「不要說我小。請說是分析入微。——啊啊，對了，由里烏斯。」

「什麼事？」

「讓精靈跟著我的人是你吧？給我仔細說明一下。」

因為對話走向像是順便才被提起，就算是由里烏斯也不禁一驚。

對這反應別過眼，昴難為情地繼續說。

「是說，總共兩次在命懸一線的狀態下被救了，就算討厭，我也知道、也能接受你就是精靈使者了。」

「正確來說，請稱呼我為精靈騎士。精靈術不用說，但我自認對劍術的修練未曾懈怠過。」

回答完，由里烏斯直盯著昴的臉看。

「……出乎意料很平靜。還以為你知道我是精靈使者的話會不開心呢。」

「我也是會看時間場合和事情來評鑑對象的。雖說沒看到的時候也是。」

昴依舊正眼都不瞧自己一眼，由里烏斯苦笑，右手伸向前。

像要包住手臂而現身的，是拉姆襲擊討伐隊時所看到複數微精靈。搖曳的精靈總共六種顏色，各自憐愛地靠在由里烏斯的手上。

每朵光暈都美得如夢似幻，但卻都是蘊含超乎常理力量的存在。

「如你所言，她們都是跟我訂契約的精靈——被稱為準精靈，得到精靈資格前的花蕾。在她們有朝一日綻放美麗的時候，我要成為配得上她們的騎士。以此作為誓約訂下契約，才得以借用她們的力量。」

「所以，那個紅色的一直在監視我囉？」

停在由里烏斯手背上的微精靈，就是在幻覺裡從昴的頭髮飛出來的紅色光暈。回想起來被女狂人抓住時，也是紅色微精靈現身救了昴。

一切都是由里烏斯的計畫，兩次陷入絕境時都被他救了。

「說監視讓人遺憾。我是託她暗中保護你。」

「……順便問一下，破除幻覺時的那個是怎樣？」

為了通知大家脫離幻覺的方法，由里烏斯使用了某種魔法，結果害得昴的大腦被大量想法給攪拌。

「那是借用她們，依恩和妮絲的力量，融合陰與陽的魔法……是一種被稱為『尼庫特』的高等魔法，可以讓範圍內的人的門相連，使想法互通，不過效果對你似乎太強烈。」

「是啊，我都覺得快變得不是我自己了。」

「事實上，那是很難施展的魔法。因為是施術讓自己與他人的意識隔閡變模糊，要是潛入過深，不單意識，會連五官感受都混雜在一起。自己被他人侵蝕的恐怖，你也充分體會到了吧？」

「真的有夠危險的耶！」

知道自己平安度過超乎想像的危險後，昴品嚐遲來的戰慄。但是，由里烏斯卻興致盎然地看著他，說：

「不過，花蕾們調律出錯的情況很罕見。說不定是你跟精靈的親和性很高，有什麼頭緒沒有？」

「很遺憾，跟我感情好的精靈就只有鼠灰色的貓咪而已。」

再加上現在根本沒有自信能讓那隻貓像以前那樣對待自己。

「有機會的話，請愛蜜莉雅大人教些初級的精靈術看看。如果抗拒由女性教導，我會不吝嗇地給些建議。」

「是不知道你幹嘛因為一時興起這麼親切，不過沒法立即生效，所以現在先免了。」

不否定那是令人心動的提議，但昴反射性地辭退那個申請。面對這反應，由里烏斯似乎覺得遺憾，於此同時昴想到。

自己被菲莉絲講過，會下意識地對抗由里烏斯。剛剛那個心態就跑出來了。

「怎麼了嗎？」

雖然之前被拉姆妨礙，但這次應該可以解開芥蒂吧。

昴的視線讓由里烏斯感到不解。等自己說話的美男子瞇起眼睛，昴煞費苦心試圖吐出認真的話語，但是——

「……我明白你想展露本事的心情，但現在先忍著。要是彼此不了解能做什麼的話，合作上會出問題的。」

「——呼嗯，了解了。既然如此，就讓依亞繼續跟著你。先知會你一聲。」

結果，躊躇哽著昴的喉嚨，讓他做出無關緊要的發言。

無視昴的內心，被喚作依雅的紅色微精靈在昴的頭上盤旋，然後停在頭頂上，發出微微的熱

度主張自己的存在。

「我說，這樣不會禿頭嗎？我的人生目標就是不要變禿子和胖子耶。」

「之前她也是在你沒察覺的情況下靠著你的吧？跟精靈的親和性高的話特別會這樣，因為跟門很快就熟稔，所以不會有感覺。」

就如他的講解，頭頂的熱度確實馬上就感受不到了。原理不清楚，但似乎是躲進昴的體內，只共享著微微的熱度。

「要叫她出來的話要怎麼做？」

「只要叫依亞她就會回應。說來複雜，由於她沒法回應力不所及的命令，因此別忘了要像對待女性一樣客氣。」

總之就是要看氣氛吧，剛好是昴不拿手的領域。

「是說夠了吧，毛的膽小收起來了嗎？」

等得不耐煩的拉姆插嘴。靠著柵欄的她抬抬下巴，示意村莊通往宅邸的道路。

「想讓用光瑪那存量的拉姆一個人走在危險的山路上嗎？」

「自己誤攻同伴導致欠缺燃料，真的是沒藥救了……」

雖然時間短暫，但能和威爾海姆戰得不相上下，她的戰鬥力老實說令人震驚。

只不過包含在關鍵場合以失敗告終，就這點來看實在遺憾至極。

「威爾海姆大人要是準備萬全的話，根本就撐不過十秒。拉姆的力量也從全盛期退個一倍……不，退了兩倍。」

「為什麼比威爾海姆先生多了一倍。好勝心作祟？」

「是矜持。」

徹頭徹尾的拉姆風格，而且應該不是謊言，而是事實。雖說現在根本無從想像失去角之前的拉姆有多麼傑出。

「這部分就是雷姆一直在意的問題了吧……」

「你說什麼，毛？」

「沒什麼，大姊。要是報告到那邊的話，可怕的對手就會增加。」

「——？」

拉姆雖對這樣的態度感到可疑，不過昴避免多說。

令他猶豫再三的是昴對拉姆的妹妹——雷姆的過剩情感。昴之所以能跨越在王都的苦難置身在這裡，都多虧了雷姆的犧牲奉獻。

現在雷姆的存在，在昴的心中大到足以匹敵愛蜜莉雅。但要將無法化做言語的情感向她的親姊姊說明，光考量到時間與場合就覺得不合適。

而這一切，都是要在所有人克服這等狀況後才要面對的煩惱。

「為了解釋同盟，也帶菲莉絲去宅邸吧。」

為了順利化解親筆信的誤會，需要一個庫珥修陣營的人。於是決定留下討伐隊大部分的人來當村民的護衛，只帶幾名主力前往宅邸。

「所以要菲莉絲……那傢伙在幹嘛？」

在村子裡尋找貓耳騎士的蹤影，結果發現他在廣場一角。旅行商人的龍車都並排在那，菲莉絲正被車主給包圍，還在吵架。

「因為隱瞞了魔女教的事，所以可能有人在宣洩不滿。」

「啊嗚……確實會變那樣。抱歉，我過去調解一下。」

聽到由里烏斯的推測，昂苦著臉在拉姆厭煩的目光下去到商人那邊，一直接介入爭執的中心，菲莉絲就顯得很安心。

「啊，昂啾……」

「到此為止！在吵什麼？說明一下。」

「這些人講不通啊！都說好幾次負責人不是菲莉醬了！」

「對啊，小哥。我們有話要跟你說！」

代替臉頰氣嘟嘟的菲莉絲，這次輪到昂被痛罵。頤指氣使指著昂的，是旅行商人的代表——叫做凱地的人。

「有話啊……果然是那個吧？」

「那當然！你本來說是驅逐魔獸的時候要我們幫忙村民避難，結果根本就是騙人！現在目的被拆穿了，你想怎麼辦!?」

氣到臉紅脖子粗的凱地用力推了昂的胸膛一把。

「原來是跟魔女教有關的麻煩事！你根本是蓄意騙人吧？到底是想怎樣？是想便宜了事嗎！」

被怒氣沖沖地狠罵一頓，就算是昂也顯得不知所措。

跟事先的說明不一樣，他們當然會生氣。話雖如此，要如何向越罵越起勁的凱地道歉，讓昂傷透腦筋，於是——

「這樣吧，提高報酬作為道歉的證明如何？」

「——什麼嘛，跟剛剛不一樣突然變得很懂事嘛。」

菲莉絲躲在昂背後這麼提議，凱地一聽立刻眉飛色舞。這簡單易懂的要求著實讓昂在內心鬆了一口氣。雖然他們鬧彆扭但計畫不變，反正頂多是羅茲瓦爾的錢包要大失血而已。

「原本的條件是『貨物開價就買』，我們可以期待金額翻倍吧？」

「有夠貪心呢。……清單呢？菲莉醬要跟昂啾一起檢查裡頭。」

「喂？那個不用我們來也行吧？現在以人命為最優先哪。」

菲莉絲自顧自地推動對話，讓昂怒目而視。而昂這段話，讓遞清單給菲莉絲的凱地用狡詐的眼神俯視他。

「這也是關係到我們明天能不能活的人命大問題。要是討厭也可以不要做這筆生意喲？」

「……就看一下下。」

輸給抓住我方弱點的凱地，昴勉勉強強地爬進他的龍車車斗。只看清單的話，他的貨物都是裝飾物和珠寶飾品，車斗意外地整頓得很整齊。

「雖然車主很粗魯喵。」

「同感，不過為什麼你也一起來？去對面啦。」

「兩個人一起確認比較快解決吧？反正那個人也不在意喵。」

在附車篷的車斗內確認商品的昴被菲莉絲纏緊緊。這格外強硬的態度令昴皺眉，不過菲莉絲瞇起眼睛，問：

「不說這了……跟由里烏斯和好了沒？辦到了嗎？」

「……關於那件事等回去再做檢討，我會積極妥善處理。」

「果然喵。就知道昴啾很膽小。明明在村民面前講得那麼帥氣～」

手掩著嘴巴嘻嘻笑，菲莉絲惡作劇的眼神沒有停工過。

拿剛剛發生的事和自己對由里烏斯的反抗心來揶揄，昴雖然被激得很氣，但沒有回嘴，只是來回比對商品和清單，繼續做檢查。

「唉呀，也不壞嗎喵？就趁機向由里烏斯道歉也好。」

「你啊……！」

「喂喂，麻煩不要在別人的龍車裡鬥嘴吵架好嗎。快點工作、工作！」

一要對不明狀況的菲莉絲回嘴，凱地就對他們表露不滿。大步靠近的高個子對不專心的兩人再度顯得不開心。

「先講清楚，我們這邊可是可以繼續喊價的喔。如果不想變那樣的話就給我認真地做。」

「啊，哦，抱歉。我會好好做……」

「噗噗—昴啾都不生氣。討厭，真的很傷腦筋喵。」

趁著凱地發怒，菲莉絲跳離昴身旁。漫不經心的樣子連昴看了都忍無可忍，不過卻在出聲前——

「——好，你大意了。」

「嗚——!?」

瞇起黃色雙眸、低語的菲莉絲碰觸凱地沒被衣物遮蓋的手腕。緊接著，高個子發出慘叫，翻白眼的同時橫躺在地上。

「啥……？」

「昴啾，別發呆。不要讓外頭發現，幫忙把風。」

突如其來的發展令昴呆愣住，輕薄態度消失的菲莉絲敏銳地下指令。但是不知發生何事的昴依舊呆立原地，對此菲莉絲嘆息。

「這個人，是魔女教徒啦。剛剛被大票人包圍時摸過他們確認過了——他身上有跟大罪司教的『手指』一樣的奇怪術式。」

「——!?這傢伙是魔女教徒!?而且還是『怠惰』!?」

「可能性很高。所以為了讓他大意才坐進龍車裡的。」

菲莉絲邊回應驚訝到眼珠子都快掉出來的昴，邊檢查凱地的身體，然後發現他舉起的手上握著魔女教專用的十字劍。

「那是魔女教徒的……沒想到真的混進商人裡頭。」

「不過，在沒殺掉前就逮到了。人家在碰到他的瞬間，讓他體內的水分暴衝所以他才暈過去。只要碰過一次直接干涉過體內，下次就算不碰人家也能辦到同樣的事喵。」

「……聽起來，代表也能對我做同樣的事，很可怕耶。」

昴雖虛脫，但還是按照菲莉絲的指示觀察車斗外的狀況。所幸外頭的人都沒察覺到車子裡的攻防戰，也沒人靠近。

「不過，既然有一人是魔女教徒，那事情就不一樣了。」

「搞不好還混進其他商人裡頭。……不過呢，這個現在才要確認。」

昴因被反將一軍而懊悔，但菲莉絲卻搖頭不當一回事。他接著拍凱地的臉，手掌發出青白光芒貼著臉頰。

「好啦，你們在策劃什麼，給我一五一十地招來。菲莉醬的手雖然是世界最溫柔的手……但也有可能做出很過份的事喵？」

「————」

理解治療方法的人，當然也理解破壞人體的方法。想到這一句，昴忍不住戰慄。

凱地在菲莉絲的要求下微微睜開眼睛，無法對焦的眼睛映照他的身影，嘴唇虛弱蠕動像在喘氣。不過菲莉絲的力量強大，他似乎根本不能動彈。

「菲莉絲，小心點。假如這傢伙是『怠惰』，就算手腳不動……」

「也有可能使用權能，是吧？這就由昴啾來警戒囉。」

就算肉體不能使用，搞不好還是能用「不可視之手」。昴點頭答應菲莉絲的要求，以最大的注意力緊盯凱地的一舉一動。

被昴和菲莉絲封住行動力的凱地，像洩氣一樣吐出一口氣，然後。

「──囉。」

「什麼？」

聲音細微，菲莉絲瞇起眼睛要求凱地重講一遍。昴都沒聽見的話，再度從凱地口中說出。

「──上囉。」

「──！依亞！保護他!!」

低喃的聲音傳到耳膜的瞬間，菲莉絲猛然一彈站起身，同時朝著站在車斗入口的昴──不是，是朝著附在昴身上的準精靈這麼大喊。

平常的菲莉絲不會有的氣勢，讓昴心驚，想說發生了什麼事。

「啊？」

伴著熱度飛出來的準精靈，全身散發光輝在周圍展開一道紅色障壁。

障壁包住昴的身體，讓他與周圍完全隔絕開來——

「來吧，結束的開始——上囉!!」

身子僵硬的昴，只聽到眼前傳來這樣的尖嗓聲。

——緊接著昴就被炸飛龍車的爆炎給吞噬，分不清上下左右。

第四章　『陰險狠毒的怠惰』

1

——意識回到現實時，一開始昴聞到強烈的燒焦味。

像是烤肉烤到焦掉，又像是掉到鐵網外燒到焦黑的蔬菜，也像內外全都熟過頭而整個燒起來的味道，總而言之光是聞到就叫人不快。

「————」

張開嘴巴想出聲，卻聽不見聲音。並非沒傳到耳膜，而是先前撞擊耳膜的音量過大導致的結果。叫做耳鳴的聲響在頭蓋骨裡頭產生回聲，昴只好先把聽覺的恢復留待後頭處理。

「————」

憑感覺出聲，昴仰賴其他五官。眼皮開著，可是視野一片黑，代表視覺也不行了。嗅覺被燒焦味支配，口中的鐵鏽味很重。還有知道自己成大字形仰躺，大概是躺在泥土上。

「——啊。」

在確認手腳能否活動的期間，自己的聲音從耳鳴的縫隙裡跑進來。接著耳鳴逐漸遠離，開始可以聽見自己的聲音。於此同時好像聽到在體內奔馳的血流聲，視野的黑暗也慢慢清晰。

五官的感覺恢復了。視力和聽力都回來了，可以感知世界了。然後——

「——!!——唔！——呃!!」

聽覺復活的同時，闖進耳內的是某人逼迫的怒吼。鬼氣逼人的某人的聲音，小孩哭泣的聲音，慘叫，屋子燒起來的氣味。——轉眼間，思考沸騰。

「——！搞什麼!?」

最慢恢復的思考力復活了，撐起上半身的昴環顧周圍。全身雖然都在鬧燙傷和擦傷，但眼前的光景卻讓自己忘了這些痛楚。

——昴的眼前是燒起來的龍車殘骸，以及許多地龍的屍體。

「剛剛、爆炸……」

眼前的光景讓不久前的記憶復甦，昴正確掌握住發生什麼事。

爆炸，沒錯，是爆炸。那強大的破壞威力只能用爆炸來形容。

威力有多強，光看排成一列的龍車被整個炸毀、阿拉姆村某一處的地形完全改變就能得知。

靠著廣場的民宅被爆炸牽連，火舌吞噬已經看慣的風景。

散亂在旁的焦黑物體，是龍車的殘骸和地龍的一部份屍首吧。因為看不出原形，所以分不出是有機物還是無機物。但是，侵犯鼻腔的濃濃焦肉味，絕對來自於爆炸的犧牲品地龍。

連地龍都不留痕跡地消逝，為這光景戰慄的同時，昴咬牙切齒道：

「依亞！出來，依亞！妳在吧！」

昴拍打胸膛拼命呼喚，紅色準精靈立刻回應。出現在眼前的紅光每次出場都不說話，只用無聲的熱度主張自己的存在。

——爆炸的瞬間，昴記得是依亞開啟的障壁保護了自己。

要是沒有準精靈的防護，昴也會跟周圍的地龍一樣被炸死。可是在龍車裡的不只有昴，只有一個人得救根本毫無意義。

「依亞！跟我一起的……菲莉絲呢!?菲莉絲在哪……」

「——在這邊啦。」

跪在地上的昴聽到微弱的聲音，那正是自己在找的人的聲音。昴連滾帶爬地跑過去。聲音是從民宅的殘骸底下傳來的。

「菲莉絲嗎!?你沒事吧，菲莉……」

「要說沒事……有點難喵。」

昴爬著過去，從黑煙裡頭找到菲莉絲。

雖然有做出最壞打算，不過看到菲莉絲就安心多了。但是安心之後立刻察覺到異常。菲莉絲沒事是很可喜，但也太過平安無事了。

「依亞的障壁趕不上……你用了超強大的魔法防禦，是吧？」

「才沒那種東西咧。……人家可是死過一遍。」

閉起一隻眼睛的菲莉絲，身上完全沒有可以稱做是傷的地方。跟昴不一樣，明明沒有準精靈的防護，頭髮和肌膚卻還是乾淨無比。

唯一的不同就只有身上穿的不是近衛騎士制服，而是直接用破布裹在身上。布是來自於龍車的車篷，看得出來是急就章的產物。

「你怎麼穿成這樣……？」

「沒辦法呀！衣服又不能用治癒魔法再生！不說這了……」

打斷昴的疑問，伸出手的菲莉絲用嚴肅的目光看向別處。追著視線看過去，昴為超乎想像的惡劣狀況咂嘴。

很明顯是在龍車爆炸、牽連到昴和菲莉絲的時間點發生的事。

——阿拉姆村在一瞬間，驟變為烈火與武器交錯的戰場。

「不要退後，壓制他們！開出一條路！優先讓村民避難!!」

這麼吶喊的是在廣場另一邊，在那兒與來襲者交鋒的一名騎士。

廣場上包含騎士在內，還有許多人互相推擠，但是大半都是沒有武力的村民和商人。討伐隊為了保護他們而圍成一個圓形，力抗敵人。

手持模擬十字架的十字劍，全身黑色裝束的來襲者——魔女教徒。

「他們是從哪進入村子的……」

「想也知道。——龍車的車斗呀。」

「可惡！」

每樣保險都壞自己的事。昴詛咒自己的籤運和粗心。

沒有對協助避難的旅行商人提出應徵條件，結果讓魔女教有機可乘。「魔女教徒到處都是」，昴現在對這句話可說是痛切有感。

——假如那是大罪司教「怠惰」之一的話，就更不用說了。

「昴啾，現在沒有時間沮喪……」

「我知道！避難計畫都泡湯了！總而言之，現在先讓村民進宅邸——」

只能將被視為下下策的守城戰付諸執行。如此判斷後，昴看見了。

魔女教徒使出的魔法破壞了騎士的圓陣，對抗的戰力崩盤瓦解。黑衣人就這樣衝進廣場，揮舞十字劍襲向無力抵抗的村民。

「開什麼玩笑——！」

短劍反射火焰光芒，眼睛被光芒烙印的昴聲嘶力竭地吶喊，可是聲音裡頭沒有阻止凶刃的力量，騎士們也都趕不上那些暴行。

保護孩子的母親，守護妻子的丈夫，站在老人面前的年輕人，十字架就朝他們身上刺過去——

「亞爾・庫拉烏澤利亞——！」

在慘劇發生前詠唱響起，昴同時在空中看到光芒。

誕生在空中的光芒形成漩渦，膨脹的極光轉為彩虹傾倒在廣場上。

鮮豔的極光畫出美麗的曲線，無差別地染上廣場裡的騎士、村民和魔女教徒。但是接下來產生的效果卻是完全兩極化。

溫柔包覆騎士和村民的彩虹轉變成障壁，魔女教徒用短劍刺向彩虹，下一秒就被超乎想像的衝擊給彈飛。

踏進廣場的魔女教徒，被壓倒性的虹光給壓制住。

而製造這種狀況的，是翩然現身於廣場的白衣美男子。

「彩虹的光輝，其美麗任何人都無法遮掩。——這是常世的真理。」

騎士劍直指天空，極光的主人、「最優秀」騎士裝模作樣地說。

將魔女教徒隔開來，少了跟著昴的依亞以外的五種光暈——準精靈繞著騎士劍，由里烏斯的戰果真夠格稱得上起死回生。

看到這結果，昴邊拍手邊衝向由里烏斯。

「厲害！幹得好，Good Job！就這個當下可以毫不顧忌地說出有你在真是太好了！」

「這稱讚聽起來多少還是有點不乾不脆，不過我就收下了。幸好你和菲莉絲都平安無事。」

重新在廣場拉起戰線的由里烏斯，對跑過來的兩人感到安心。但很遺憾的，眼下沒有時間讓他們為彼此的平安無事而喜悅。

「對不起，旅行商人裡頭有一名『怠惰』，沒能處理好。人家失敗了。」

「這是敵人的思慮高出我們的結果，不會有人責備你的。——你和昴進去的龍車爆炸之後，潛入村裡的魔女教徒就一哄而出。爆炸和奇襲造成的受害不小，但傷者全都由堤比和拉姆女士帶到宅邸避難了。」

「不過，敵人的數量不少。其實避難並不順利吧？」

由里烏斯避免把話說白，但我方居於劣勢的原因毫無疑問在「怠惰」的權能。那個權能光憑個體就擁有足以改變戰局的力量，而對抗的策略就只有昴的眼睛。

而要是沒法完成這任務，等待大家的命運只有全滅。

「總而言之，打倒剩下的所有『怠惰』！我來看！由里烏斯，幫我！」

「當然。菲莉絲，你去和避難的同伴會合和治療傷患。你可是生命線。」

「少了誰都不行。菲莉醬已經不想再眼睜睜看誰死了。」

昴握拳，由里烏斯點頭，菲莉絲眨眼。

三人就這樣分好彼此的職責，接著立刻散開。昴和由里烏斯負責消滅「怠惰」，菲莉絲則是鼓舞嚇壞的村民和騎士，好在宅邸構築防衛線。

「好啦，站起來！朝著大屋子那邊走！快點快點！」

背對菲莉絲勇氣十足的聲音，昴將注意力投向處處可聞的交戰聲。跟之前相比戰鬥聲格外激烈，顯見魔女教這次是來真的。

「進入村莊的魔女教徒有多少？」

「正確人數不明，不過在襲擊途中加入的人也很多。恐怕是剩下的『手指』全都進村了。敵人明顯變得很難應付。」

剩下的「手指」據點有三個，每個據點十人的話，那敵人的數量應該有四十人上下。

除了戰力相當，負責守備的討伐隊還居於不利的嚴峻狀況。可是，還是有希望。——只要敵人全軍都聚集在村子裡的話。

「把剩下的三名『怠惰』全都集合起來，一口氣取勝的話……啊!?」

在劣勢中看到逆轉機緣的瞬間，昴正面的天空被整個塗黑。

熊熊燃燒的村莊上頭，有無數的黑色手掌散播開來，像要遮蔽整個天空。光是數量就是個惡夢。

「——是『不可視之手』!!」

仰望大叫的昴，讓由里烏斯的表情也變得嚴厲。

但是，就算凝神細看他也看不到同個惡夢，就某種意義來說是幸運的。光是數量就是致命的暴力，看到後內心萎縮也沒什麼好奇怪的。

「八成，是在手的正下方……！」

昴必須面對的「怠惰」，正在抵抗某人。

那是從直覺而生的確信。

從空中墜落的黑掌，以壓倒性的力量擊碎樹木、屋子和大地。

簡直就像發脾氣般重複破壞、不斷破壞、反覆破壞——那是氣到想要殺死敵人才會有的舉動。

「快點！威爾海姆先生就在那戰鬥！」

因為除了昴，能應戰「怠惰」的人就只有一個。

2

威爾海姆以超越自己的極限機動力，突破傾注的不可視攻擊。

身子朝左右挪動，速度或緩或急，極盡所能後仰空翻，邊玩弄邊吸引敵人，持續間不容髮的攻防戰。

被稱為「不可視之手」的權能，就算除去看不見這點也是極危險的攻擊。變換自如的射程和射角，看不到底的壓制力，它的每一擊都具備了致死的破壞力。

這些全都是在戰鬥中無與倫比的優點，「不可視之手」本身就是為了把敵人逼入死地的極致之招。

——而現在威爾海姆勉強能夠應戰，不過在於戰鬥經驗的差距。

「所以說，麻煩你釘死在那邊吧，魔女教徒——！」

「怎麼可能怎麼可能怎麼可能怎麼可能怎麼可能——！竟然可以抗衡到這地步——!!」

站在威爾海姆對面的，是一個修長男性。不自然扭曲脖子和腰桿的姿勢，簡直就像任人擺佈的人偶一樣叫人毛骨悚然。

事實上，那名狂人失去了肉體的自由，取而代之的是讓權能抓住自己的身體並操縱，但對劍鬼而言那根本不值一提。

只要知道那邊的是敵人，是第三名「怠惰」就夠了。——包含旅行商人在內，男子絲毫沒有要隱瞞身份的意圖。

混進昴所準備的保險裡，這種陰險興趣叫人反感。於此同時，威爾海姆還要掛心待在龍車旁邊的昴和菲莉絲的安危。不過劍鬼立刻忘記這個在戰鬥中產生的憂慮，投入在自己的戰場中。

並不是沒有不安。若不能讓菲莉絲平安無事回去，自己就沒臉見主子庫珥修，不過內心告知沒必要去擔心。

昴和菲莉絲都能跨越那種程度的窘境，這是對他們的過剩信賴。

「喝啊啊啊啊啊——!!」

揮劍切割大地，用飛揚起來的土雨判讀看不見的攻擊軌道。劍鬼以不尋常的閃躲功夫突破殺意之牆，踏上通往敵人的路徑。

沒必要擔憂昴和菲莉絲。原本自己就只能這麼希望。而且自己能做的，從第一次握劍開始就沒有改變。

「我的寵愛數量都增加這麼多了！這樣都還不放棄的執著！信念！身為勤勉使徒，承受不了這敬重的意念！啊啊，啊啊！為了愛！大腦在顫抖抖抖抖──！」

眼睛不一樣，臉孔不一樣，聲音不一樣──但是被瘋狂侵蝕的面貌相同。

即使姿態容貌是別人，「怠惰」依舊對威爾海姆很執著。所以威爾海姆吸引令人生厭的關心，遠離戰場，獨自面對大罪司教。

能夠挺身面對那股瘋狂的，以現有的戰力來說就只有自己。將被害程度抑制到最小，還要絆住他的腳步的人就只有自己。

瞪著眼前發瘋的男子，威爾海姆提升踏步的速度，拋下緊追不放、攻擊不斷的不可視攻擊，如箭矢般急馳。

「──────」

絲毫不介意傾盆土雨，「怠惰」盲目重複不可視攻擊，簡直就像只會這招。不單只有瘋狂，連戰術都相同。當然，下場也一樣。

「──呃!!───!!───!!」

狂人在喊什麼，但是筆直奔馳的威爾海姆沒聽到。他削下無用之物，化身為一把劍，為了以鋼鐵斬殺邪惡而勇猛直前。

越是靠近，牆壁當然越是增加。儘管擦傷數量增加，體內帶著銳利熱度的威爾海姆還是架劍一閃。

大地被縱向切割，狂人的姿勢歪斜。劍尖朝著他的正中心穿透。

「——到手！」

劍刃沒有碰到絲毫抵抗，劍鬼憑藉無數次收割性命的手感確認成功。

寶劍貫穿狂人的左胸，將心臟徹底破壞。就算菲莉絲在也無法挽回的死亡，不由分說地將他推進生命的結束。

「……你，果然，」

劍刃貫穿到背部，免於當場死亡的狂人吐血，像是不知道發生什麼事。瀕死之人的最後妄言，讓威爾海姆準備拔劍捨棄狂人。

狂人卻在他的耳邊，說：

「專注在看不見的手，卻疏於看得見的東西……真是怠惰呢？」

「——」

一瞬間，思考產生偏斜。

試圖思考這句話的意思，使得劍鬼的戰意出現不必要的空隙。

然後，靠向威爾海姆的狂人用顫抖的手舉起短劍，接著毫不猶豫地插進自己的左眼。

劍尖從眼窩侵入頭蓋骨，攪拌大腦，斷絕自身的呼吸。

「什——」

被自殘之刃吸引目光的瞬間，光芒膨脹——

3

彎過崩塌民宅的屋角，衝到被破壞的通道時，地面搖晃了。

「————」

傳到腳下的衝擊，和穿透空氣的震波叫人窒息。然後是遲來的爆炸氣浪和火焰，從正面掃向衝過來的昴。

「哦啊——」

「待在原地不要動！亞蘿！依庫！」

昴硬生生停住，面前的由里烏斯舉起手，綠色和黃色精靈回應呼喚綻放光芒。

產生的是風之刃和掀起土石做出的防護罩。風刃切割正面逼近的熱浪，土石障壁堅固地反彈爆炸碎裂物，保護兩人免受爆炸餘威所害。

「發生什麼事!?」

「不知道。不過在爆炸前，我看到路上有人影……」

也不管爆炸的餘波是否減輕，兩人跨越坍塌的土牆直入爆炸中心。承受爆炸衝擊的周圍慘不忍睹，磚瓦房屋連地基都被炸飛。當然，爆炸正中心的地面就像火山口一樣，淒痛地述說威力。

然後，看到倒在爆炸區正中央的身影，昴的喉頭一凍。

「威爾海姆先生……!?」

顫抖出聲，連忙跑過去，白髮老劍士像蹲著一樣倒地。他全身因近距離承受爆炸氣浪和火焰而受重傷，但四肢都還連在身上才叫人覺得不可思議。

臉上的黑色髒污，分不出是血還是燒傷。不過還有一口氣。確認這點後，昂放心吐出長長的一口氣。

「不過，這樣下去絕對不妙！不趕快帶到菲莉絲那邊不行……」

「──但是，事情看來不會那麼順利。」

昂單膝跪地想要扶威爾海姆起來，但身旁的由里烏斯卻這麼說。從這句話裡感受到警戒和急迫，昂抬起頭。

由里烏斯搖晃騎士劍的前端，牽制周圍。會這麼做的理由很單純，敵人不只從一個方向，而是從多方逼近。

從四方各出現一名手持十字劍的魔女教徒。但最大的問題不在那，而是跟著四人現身、脫下帽兜的那個人。

──焦褐色短髮的小個頭女性。

她赤手空拳，站姿看起來毫無防備，但她才是最該警戒的對象。她充血的雙眼和拔去咬著的手指甲的自殘行為就是鐵證。

繼貝特魯吉烏斯、女狂人、凱地之後的第四名「怠惰」大罪司教。

女子咬住右手拇指指甲，扭動手腕剝去指甲。看到淌血裸肉的模樣，昂在厭惡和痛心疾首下皺起臉。

「在這個節骨眼接二連三一直來……你們到底有多少人啊，混帳！」

「為什麼、為什麼、為什麼、為什麼……你還活著？都受到那樣的毒手為什麼還活著！為什麼不屈服在我的勤勉之下！」

「那是我要說的話！這場鬧劇也該結束了！你們是想接關幾次啊！到底是對我們有什麼深仇大恨!?」

這點恐怕是彼此彼此吧。雙方互相叫罵，昴和女子交換憎恨和敵意。這時，懷中的威爾海姆動了。

可能是對外部刺激有反應，劍鬼意識沒有恢復，只是微微動唇。看他痛苦吐氣更增添自己對敵人的怒火，但那模樣又叫昴毛骨悚然。

簡直就像在無意識中也要傳達什麼的樣子──

「威爾海姆先生？」

「同、樣的……人……法……」

細微到快要消失的聲音根本聽不清楚。然而，魔女教徒可沒慈悲到讓昴重聽一遍。

女子用失去指甲的手指指向抱著威爾海姆跪地的昴，怒吼。

「還有你！只要幹掉怠惰的你和勤勉的你！事情就穩如磐石！分出勝負！在應該結束之時結束！所以在這犧牲！犧牲吧!!」

口沫橫飛地賜死，女子同時把手伸進自己的法衣，可是卻沒找到目標物。她抽出手，用力咬牙到牙齒要裂開的地步。昴對這憤怒和後悔的表情以及動作心裡有底，靈光一閃的他理解到自己應做的職責。

四面有魔女教徒，我方有重傷的威爾海姆和疲勞的由里烏斯。再來就是第四名「怠惰」，還有已經無法充當誘餌的菜月・昴。

但是，就算不能擔任魔女教偵測器，還是有辦得到的事。

「──由里烏斯，你能在保護威爾海姆先生的情況下，和『怠惰』以外的人戰鬥嗎？」

「──昴？」

只用視線看過去，由里烏斯對昴的提問微微皺眉。不過現在沒空詳細說明。昴看向他的黃色瞳孔，重問一遍。

「辦得到嗎？如果你可以……那我也要去做我辦得到的事。」

「────」

「現在，我只能仰賴你。如果你也有那個意思……就託付給我吧。」

「託付什麼？」

由里烏斯問。那還用說。昴指向「怠惰」。

「那個笨蛋是我的。我的戰鬥，關係到你的性命。相對的，你的戰鬥也關係到我的性命。──所以說，要放手一搏嗎？」

主動單挑大罪司教「怠惰」，昴朝唯一的同伴由里烏斯宣告自己的覺悟。聽到這番話，由里烏斯拔劍。

沉默和猶豫一秒，閉目又睜眼的由里烏斯架劍。

「這邊若不答應，就是騎士之恥。」

「很好——!!」

不利要素並沒有消除，也知道這是有勇無謀之舉。不過昴的戰鬥一向如此，所以這次也只能走在情勢不利與有勇無謀的繩索上，蒙著眼睛往前衝。

輕輕放下威爾海姆，昴把手伸進自己衣服裡。魔女教徒雖然慢慢縮小包圍網，但只有「怠惰」動都不動。並不是小看昴他們，而是對她來說，射程這字詞毫無意義。

不過那終究是以菜月・昴以外的人為對手的情況。

「來吧，差不多該結束了！為了最重要的愛！比萬事萬物都尊貴的愛！在我們勤勉回報寵愛之前！犧牲奉獻，誕生你有生以來的價值……」

「喂，女版貝特魯吉烏斯。——看好。」

呼喚瘋狂的「怠惰」，昴小聲吐氣，然後手伸出衣服。

——伸出衣服的手上握著一本黑色封面的書。

是昴從貝特魯吉烏斯・羅曼尼康帝的遺體上回收的福音書——

「妳在找的是這個吧？妳最喜歡的魔女大人送的東西。」

「——你這小偷!!果然是你拿走的！」

凝然瞪大雙眼的「怠惰」，看到昴手中的福音書後尖叫。

——女子方才搜索衣服的舉動，讓昴注意到不對勁，進而察覺。

同樣的舉動，第二個「怠惰」也做過。搜索應該在衣服裡的東西的手勢，找不到的焦慮，東西被搶的憎恨。這些行為全都出自這本書。

「會去挖被埋起來的貝特魯吉烏斯的屍體，也是為了要取回福音書。不惜破壞墳墓也要拿回去，你是文字中毒嗎？」

「閉嘴！少胡言亂語！現在立刻把那本書……」

「不要那麼大聲。太生氣的話又會那個喲。——大腦在顫抖。」

「——哼！去死吧!!」

中了挑釁和煽動，她眼中除了昴以外沒有其他人。

「怠惰」的怒氣爆發，女子腳下的影子膨脹，在頭頂分裂成無數群體，像要覆蓋天空的漆黑手掌一齊將手指伸向昴。

但是如果要殺昴，那她做錯了。

「我的寵愛！吾愛的顯現！屈服在這之前吧，背德者——！」

「怠惰」大叫，黑色手臂如雪崩壓境。那是破壞的顯現，眼前宛如海嘯的壓迫感衝向昴。

只是，這一切除了昴以外都沒人看得見。而且對昴來說，她的攻擊實在太顯而易見了。

「嘿、呀——！」

魔手有無數隻，但動作很慢。看過超人勉強應付魔手的戰鬥後，對昴來說魔手根本慢到可以停蒼蠅。說得太過頭了。是不能停蒼蠅，但絕非無法躲過。

猛然逼近的整群「不可視之手」，昴繞了一大圈將之閃過。如果是劍鬼的話就會在魔手之間穿越而行，但那驚險特技昴做不來，只能用體力來彌補。

雖然有壓制「面」的能力，卻沒法針對「點」做攻擊。無敵的權能也要看使用者，否則也只是被糟蹋而已。

「我的權能……!?既然如此，還有信徒們的手——」

「——很遺憾，我被委託毀掉這個選項。」

等欠缺冷靜、察覺失態的女子命令部下時，已經太遲了。

由里烏斯的劍襲向魔女教徒，巧妙地妨礙他們追擊昴。甚至有一名位在昴逃跑方向的教徒，被魔手波浪給吞沒而悽慘四散。

「唉呀唉呀唉呀!?自相殘殺？連同伴都不放過？那不是無能大壞蛋才會做的嗎!?」

「咕……嘎、啊嗚……！竟然敢竟然敢竟然敢竟然敢——！毀謗愛的信徒——！」

「是妳自己殺掉的好意思在那邊吠！視野太狹窄啦！妳是『怠惰』嗎——!?」

昴豎起中指，把「怠惰」愛講的台詞重新改編過後回敬給對方。

如他所料，女子氣到出不了聲，激動地朝逃跑的昴追過去。

「——由里烏斯！我這邊會想辦法！你那邊也是！」

「真是含糊的指示呢。不過，了解了。」

昂舉拳大喊，由里烏斯也朝空中閃過騎士劍。

將彼此的戰場交托給對方，兩人將戰線一分為二。

由里烏斯負責照料受傷的威爾海姆和應對三名魔女教徒，昂負責憤怒發狂的「怠惰」一人——以人盡其才的方式戰鬥。

贏不了魔女教徒的昂，唯一有勝算的就是大罪司教。

「待會見啦!!」

「祝君好運——！」

發誓會再見面後，昂就扔下由里烏斯離開戰場。宛如浪濤的魔手流過大地，卻碰不到看得見的昂。昂跨越、跳起來閃過。

「站住、站住、站住站住站住站住站住！卑鄙愚蠢、豈有此理的傢伙——！」

以多人為對手的由里烏斯開始交戰，昂則是吸引狂人離開現場。

就像威爾海姆那樣，為了把「怠惰」誘導至不會牽連到其他人的地方，昂按著快要破裂的心臟，全力奔馳。

內心有個目的地。不能說到達那邊就算勝利，可是抵達那裡的話就爭取到了掌握勝機的時間。為此，昂朝著那邊奔跑、奔馳。

「——！才不會、讓妳碰到啦！技術很差欸，妳這傢伙！」

追在昴身後的狂人也用自己的腳在走路，但是速度很慢。而且不知為何，她還同時張開無數的「不可視之手」，所以攻擊都散了。多虧她濫用能力，昴才能邊跑邊勉強迴避。

手的數量多達六、七十隻，在目前遇過的「怠惰」裡頭是最多的。不過在使用層面上技術卻最為劣等，反差極大。

這樣看來，第一號「怠惰」貝特魯吉烏斯是最能善用權能的人吧。

「果然貝特魯吉烏斯才是主怠惰……隨便啦！」

考察留待之後。管「怠惰」的本體怎樣，只要全滅就得了。現在沒心思去想其他事。既然敵人狀態並非萬全，那就正中昴的下懷。

轉彎，穿越通道，再轉一次彎，衝出去。

「到了——！不過……」

抵達目的地後，昴看向周圍。處處都有戰鬥痕跡，倒地的人也不只一、兩個。其中除了魔女教徒，還有騎士和獸人的身影，讓昴自責能力不足。

閉上眼睛，扼殺情感。朝旁邊跳開，躲過緊接著敲過來的魔手。大地裂開，煙塵飛揚。後方是正在喘氣、煮沸恨意的「怠惰」。

她身後的手數量減少很多，現在大概只剩下二十隻左右。

「有在學習呢，沒用完啊。」

「光察覺到這點就要感謝！但是，你的逃跑也到此為止了！還是說，你還有什麼反抗的招術!?」

「反抗的招術啊……」

在這邊斷句，昴眨眨眼，視線投向狂人的背後——

但是，為了隱藏偏移視線之舉，他立刻大無畏地笑著說：

「——愛與勇氣吧！」

昴舔唇，朝著攤開雙手、面露殺意的狂人大吼。這話讓「怠惰」驚愕不已，不過她接著用令人討厭的抽動聲開始恥笑。

「很好！那樣的話，就用你的愛！挑戰看看我的寵愛吧!!」

「是愛與勇氣啦！」

深呼吸，從彎曲膝蓋的姿勢像跳起來一樣站起，接著身體彈射出去。原本拚命逃跑的人，這次朝女子直直前進像要衝進她懷裡。沒想到對方會蠢到撞過來吧，「怠惰」凝然注視，然後馬上氣得七竅生煙。

「這是愛!?這種程度的覺悟是愛!?一點創意都沒有，直直地跑過來就是你的愛的話，多麼無謀！無力！愚蠢！亦即怠惰——！」

「哦哦哦哦——！」

像要蓋過女子被失望驅使的叫喊，昴從丹田深處發出吼叫。

嘶吼到喉嚨沙啞，用「愛」大喊，呼喚「勇氣」。
「那麼你的怠惰，就以死抵償——」
「就是現在，帕特拉修——!!」
「——！你說、什麼——!?」
驚愕之聲才到一半，就被衝擊給中斷。
驕傲自滿的「怠惰」，矮小的身軀被從旁邊撞過來的地龍給頂飛。數百公斤的身軀直接撞擊毫無防備的女子，使得她整個人像樹葉一樣飛起來。
「——」
女子就這樣摔在廣場的地面後彈起，身體滾動，撞進半毀的屋子裡。先是窗戶玻璃的破裂聲，接著耐不住撞擊的屋子崩塌，揚起煙塵。
這一擊超乎想像，昴撲向漆黑地龍脖子摩擦牠臉頰。
「幹得好，時間點抓得好！妳真是太優秀了，帕特拉修！」
「——」
昴盡情稱讚的態度，讓帕特拉修揚起頭高聲鳴叫。
誘導女子回到一開始的廣場後，昴為了方便逃走而尋找帕特拉修。但是回到廣場後都沒看到牠，預期之外的狀況原本讓內心都快被焦躁感給燒成焦炭了——
「妳繞到那傢伙後面的時候，真的就像鬼上身呢。」

轉身回頭，結果在「怠惰」後面發現地龍的那瞬間，心臟真的差點跳出來。

最後，連講好都不用，就跟地龍使出合作技，完美地擊敗敵人。一切都是將愛與勇氣託付給希望的結果——只不過愛的注音寫作「故弄玄虛」，勇氣是「援軍」。

「要是這樣就分出勝負的話，再來就輕鬆多了……」

跨上帕特拉修的背，昂瞪視「怠惰」撞進去的房屋殘骸。假如她就這樣被破磚殘瓦給壓死的話，那不管是對心情還是事態的發展都相當有利。

但是——當然沒那種好事。

「……我太妄自尊大了。」

瓦礫山崩塌，被壓在殘骸下方的無數影子一口氣湧出。蠢動的漆黑之手像觸手一樣蠕動，嬌小的身影從整坨黑塊中浮現。

那是半死不活的染血瘋狂女子。

頭部受到的撕裂傷淌著大量鮮血，被碎玻璃刺進的左眼整個爛掉，被捲入房屋崩塌的右半身整片血紅，細瘦的手腳是否還能運作叫人存疑。她的模樣，毫無疑問是滿身瘡痍。

——儘管如此，她的表情和右眼卻帶著前所未有的朝氣與瘋狂。

「你……沒錯，你確實是勤勉之人。沒錯，你很勤勉！到了這裡都到這等地步，面對利用一切挑戰自己的敵人，我多麼大意！墮落！粗心！認識不足！自大過了頭！啊啊，我正是怠惰！」

「——」

態度和發言本身，全都跟之前的狂人如出一轍。就算想法煥然一新，只要使出的攻擊和戰術沒有極端改變的話，那我方對應的方式也相同。

騎上帕特拉修，用超越自己跑步的速度的話就能輕易甩掉她。

爭取時間，昴也想使出決定性的手段打倒「怠惰」。——彼此欠缺王牌，這場戰鬥端看誰可以率先打上休止符。

但是，面對昴這樣的覺悟，女子悽慘一笑。

「你看得見我的寵愛，我應該先接納這點。不認同這點，執著唯一之愛，結果就是淪落成怠惰，那對我來說是最大最壞的不道德……所以，假如是真的。」

「……王八蛋。」

喃喃自語的狂人，策動無數魔手朝天高舉。眼見這光景，昴隱藏因戰慄而瑟縮的心，吐出髒話。

眼前，女子製造的眾多黑手，全都抓著屋子垮掉後的殘骸——

「——真是最佳解答，可惡！」

氣憤填膺地說完，暴力就來了。

——被投擲的瓦礫殘骸成了散彈，一口氣朝昴轟下。

4

「怠惰」所想到的對昴最佳解答，就是不用「不可視之手」。

講得清楚一點，就是放棄用「不可視之手」直接攻擊，把魔手作為間接攻擊的手段即可。「不可視之手」本身的攻擊速度，比普通人揮拳揍過來的速度慢一點，所以就算數量多，只要拼命閃躲也不是躲不掉。

但是，假如是魔手抓東西扔過來，那速度就不是魔手可比擬的。

單就臂力就已超越常人，投擲的球速甚至凌駕大聯盟投手。

而且投擲的東西至少都有人頭那麼大——命中的話就意味著死亡。

「帕特拉修！離開村莊進入森林！沒有掩蔽物的話會死的！」

「——！」

昴用力抓著帕特拉修的脖子到勒住的地步，發出指示的同時地龍已在加速。恐怕是在聽到命令前就先自行下判斷，而牠衝進森林裡的判斷是正確的。

破成碎片的磚造房屋，在漆黑手掌中成了上等的殺人兵器。所幸投擲者沒有技術可言，所以準頭很差。雖然差，但事實卻是磚瓦如雨灑落。要是被亂射的子彈給打中的話就用不著決勝負了。

「——」

一聲巨響，穿過身側的瓦礫掃倒樹木。才剛衝進森林，後方的大地就炸開來。在地面彈跳的磚瓦像砲彈一樣滾動，森林入口轉瞬間就變為野火燎原。破壞，衝擊，破壞，衝擊，輪流攻過來。

「咕、哦哦哦哦！」

低著頭，盡可能縮小命中範圍。只能抓著帕特拉修的昴，目前沒其他事可做。瓦礫擦過地龍的黑色表皮，刮下硬鱗製造流血。但是帕特拉修的速度沒有變慢，連慘叫都沒有。

跑在路況惡劣的窄道上，卻跟之前聽說的一樣毫無狀況地繼續急馳。帕特拉修超乎想像的活躍，拯救了陷入絕境的昴。但是就跟字面一樣，只是被背著是無法結束的。

轉動脖子看向後方，將追過來的狂人動作烙印在眼底。不管是要重整態勢還是找到新戰法，都得要判讀她的動向。哪怕是跟不上帕特拉修，都會讓她可愛一點——

「——幹！這也是最佳解答呢！」

「沒錯沒錯沒錯沒錯沒錯沒錯沒錯沒錯沒錯沒——錯——!!」

昴罵的髒話，被重複的惡意之聲從上方蓋過。是如字面的意思，真的從正上方——超越森林樹木的高度所發出的狂叫給蓋過。

女子現在置身在比森林還高的地方。

渾身是傷的身體抱著膝蓋坐下，龜縮起來的姿勢就是俗稱體育座的坐姿。女子就著這姿勢，讓身體被「不可視之手」抓起來拋向天空——就像玩丟沙包一樣，只是她讓不同的手接二連三地扔自己好追蹤昴。

這種不講求體面的速度快得異於尋常。即使在森林裡，帕特拉修的奔馳速度依舊超過六十公里。可是按照人類大砲的要訣飛行的「怠惰」，不看投擲精準度和直線移動這兩點的話，時速絕對超過一百公里。

雖然亂來，卻使得彼此無法拉開距離。

要是一直維持被人從上方俯視的狀態，鐵定會被當成靶子狙擊。話雖如此，昴又沒有法子可以碰到移動到高空的狂人。

「不能回村子。絕對不能帶著這玩意回去。」

而且要是跟魔女教徒會合，反而對昴不利。一旦被逼到這等地步，對上「怠惰」時在彼此的適性上能居於優勢的只有昴而已。

「不過，這樣下去再過不久絕對會被打──」

「──！」

那一瞬間，剛好是在講到「再過不久」的時候。

扔過來的碎片──瓦礫塊直擊帕特拉修的頭部，把罩住牠頭部的地龍專用頭盔給打飛。帕特拉修跑步的姿勢大大一歪，頭部出血。昴壓抑慘叫抓緊他，拼了命地拉緊快要甩出去的轠繩。

「帕特拉修──!!」

吶喊成不了力量。雖然沒法成為力量，但卻發生戲劇性的場面：帕特拉修腳踏地面，拒絕摔倒。只有這份骨氣值得十二萬分讚賞。但是瓦礫繼續飛過來，血也一直在流，根本就沒有勝算——

「好不容易都忍到這了，就算繼續進到森林深處……」

持續消耗戰的話情況只會惡化，但若不爭取時間，那連反擊的機會都看不到。可是，剛剛的傷已經在為帕特拉修宣告倒數計時。之前使過的伎倆不能期望奏效，如果要出主意，就得在這個當下靈光一閃才行。

但是，之前都沒那麼好的事了，現在也不可能——

「——剛剛的是！」

對事態的不講理憤怒咬唇的瞬間，昴在通過的森林景色中看到不對勁。在意那是什麼，然後情報浮現的那剎那，他拉扯韁繩。

如果那跟昴的記憶相同，就有賭上一把的價值。現在就只能緊緊咬著那點，作為通往勝利的手段。

「帕特拉修，往左！」

「————」

流血的帕特拉修用黃色瞳孔回望下指示的昴。那是在確認昴是否正常，詢問他這樣真的好嗎。

會被這樣問是正常的。但既然維持正常就得不到勝機，那會瘋掉也是必然。

大幅拉扯韁繩，不容分說地牽引愛龍的下巴。

「就是這樣！帕特拉修，追著森林的光吧!!」

昴大喊，再度下重複的指令。帕特拉修瞪著前方，眼神和腳步的迷惘都消失，看樣子是尊重昴的判斷。牠確實把命交給了昴。

地龍之腳像挖地一樣刺進地面，緊急煞車轉換方向。「除風加持」消失，昴咬緊牙根忍住要被甩下龍背的久違向心力。忍耐再忍耐，忍到最後再度加速，朝向左方，一口氣衝下陡坡。

「不管你想逃到哪，我都不會讓你逃走的！」

狂人沒有看丟緊急轉向並下滑的他們。她改變瓦礫的投擲角度，改變破壞森林的方位後繼續跟下去。翠綠的樹木彈跳起來，被抓住後拿來再利用。破壞就這樣傳染散播，「死亡」迫近到正後方。

「────」

即使破壞的奔流追在背後，昴還是在追隨掠過視野角落的光芒──可能真的會成為光明的某物，然後向帕特拉修下指示。

地龍忽左忽右地跑，雖然沒法拉開距離，但至少讓人瞄不準。高速跑在斜坡上，負傷的身軀究竟吃了多少苦，光想就對帕特拉修永遠抬不起頭來。

「都要死了，還一直逃一直逃一直逃！逃避的盡頭究竟有什麼！你的行徑只是拖延時間……不！萬萬不可！」

「怠惰」從正上方俯瞰不斷逃跑的昴，不過說到這邊時就中斷了，還把手指刺進潰爛的左眼像在警惕自己。

她就這樣挖肉，讓血再度流淌，然後擠出似抱怨似歡喜的聲音。

「不可有大意和自大之心。不能推翻的結果，除了帶來死亡，還讓我頭一次能和懷疑、因果、妄想做訣別！」

用自殘來斷絕疏忽大意的「怠惰」，沒有放慢攻擊速度繼續投擲。

大地炸開，瓦礫掃過空氣，肩膀被碎片擦過後骨頭傾軋作響。仰頭憋住慘叫，呻吟忍住劇烈痛楚。怎麼能比帕特拉修先叫出聲呢。

但是逃亡戲碼，也終於要劃下句點。

「嘎——！」

衝擊沿著大地傳播，腳下的踏足地消失。緊接著，地龍的身軀浮在空中。

注意到時昴根本沒時間慘叫，而是順著急馳的姿勢在空中翻轉，繼續抓著韁繩揮舞，直到墜在泥土上，全身劇烈撞擊地面。

「啊、咕……！」

身子翻滾，在滾動的力道於斜坡下方停止時，昴已經失去分辨上下左右的感覺。

全身無一處不痛，但奇蹟似地沒受到致命傷。手腳四肢都還能動，也不覺得脖子有扭斷。只不過這個幸運，就只是將死亡時間稍微延後一點。

「終於……結束的時刻到來了。」

「──────」

仰躺倒地的昴，視野裡映照著從空中落下的「怠惰」。

著地的女子解開運送自己的魔手，站在一動也不能動的昴身旁。然後染血的樣貌心滿意足地嗤笑，伸出被壓扁的手。

「好啦，把我的『福音』還來。那不是你能拿的東西。」

「福、音……」

用沙啞聲低喃的昴順應女子的要求，伸手入懷中。手指有碰到書皮的感覺。被追殺成那樣卻還沒掉，真的很僥倖。

「想要的話……就去、拿呀……！」

抽出抓住的書本，扔進草叢做垂死掙扎。甩動伸出的手，女子邊張合拳頭邊嘆息。

「在講究對寵愛的態度之前，你連保管別人物品的資格都沒有。」

女子搖頭嘆氣的話讓昴嗆咳不已。對人失望咧。想都沒想到這個狂人會講常識和道理。

她直接走向被昴扔出去的書。昴趁機轉動脖子，尋找倒地的帕特拉修。找到了，雖然看起來呼吸困難，但牠平安無事。

而且，位置也很理想。

「啊啊，我的愛之引導，寵愛的證明……！終於回到我手中……感激不盡！」

毫不理會昴的感慨，女子把拿回來的「福音」抱在胸口，淚眼婆娑。狂人抱著愛的實體化之書後，轉過頭來朝著瀕死的昴狂笑。

「可以稱你英勇和頑強！你，和你的地龍做足了抵抗，都很勤勉！為嘉許你的行徑，由我送你慈悲！」

「……慈悲？」

「沒錯！慈悲！有什麼遺言，我會烙在靈魂上永遠不忘，永遠留下來！好啦，說吧！」

這個狂人不只會對人失望，還會同情英勇作戰的對手，真叫人吃驚。一定是因為拿回書了，勝利又在眼前，所以才能這麼從容，不過依舊是令人意外的一面。

而昴就抓緊這個狂人展露慈悲的機會，舉起手來。

扔福音書的是右手，現在舉起的是左手，裡頭握著一個東西。

「妳知道這是什麼嗎？」

一問，「怠惰」就一臉狐疑。明明是要遺言卻得到奇怪的問題，但女子還是觀察昴的掌中之物。左手上的是尺寸小到可以捏在掌心的魔石。

散發白光的魔石，是可以成為王牌的一擊必殺武器——才不是那樣。單憑這一顆不具有改變戰局的力量。要說的話，森林裡頭還有其他跟這一樣的東西。

手中的魔石只是其中的一顆，本來不是在這裡的。

「那是……」

「設結界用的魔石啦。森林裡頭的樹到處都有鑲嵌，妳沒發現嗎？」

「────」
沉默是因為沒發現，還是因為無法理解昴的話呢？
不管是哪個都沒差，因為準備作業已結束。
「你，到底在說──」
看到生命即將結束的昴還擺出這種姿態，女子覺得可疑，順從疑惑伸出手。
就在手要碰到前，陷阱發動了。
「──!!」
察覺到有什麼的氣息，女子肩膀一震，想要立刻轉身。
但是來不及了。

──衝破森林飛奔而出的魔犬，獠牙從後方穿進女子的脖子。

5

昴曾懷疑過，而且其可能性連在行軍時都曾掠過腦海。
而這想法到達最高潮，是在由里烏斯和菲莉絲聽到宅邸和村莊周邊是魔獸群居地，露出自己是不是聽錯的表情時。

對所有的生命而言，魔獸的存在都只是敵對情緒的團塊。其恐怖甚至沁入跨越白鯨戰的昴的身心。但是，同時也就想到。

白鯨也好，森林裡的魔犬沃爾加姆也罷，都厭惡昴的體質並視為敵人。假如這樣，那把昴當作同伴的魔女教徒不也具備了同樣的條件嗎？

——而這想法，就在眼前得到證實。

「嘎、啊啊啊啊嗚！」

在被穿刺的劇痛和衝擊下，狂人一臉不知發生何事的表情，尖叫。

牙齒刺進頸項，個頭矮小的女子止不住魔犬飛撲的勢頭。有著黑色體毛的魔犬很大隻，跟女子相比，體格差距就像大人與小孩。

被咬的女子跟著魔獸的嘴巴上下甩動，敲擊地面無數次。然後魔犬就這麼按倒虛脫無力的女子，拔出牙齒，準備給予致命一擊。

張開的嘴巴，這次瞄準女子的咽喉。是要將她斷氣，還是打算食用，抑或者只是不厭其煩的殺戮本能作祟，昴不明其用意。

雖然不知道，但狂人可沒打算被乖乖殺掉。

「不過是畜生……！『不可視之手』——！」

被按倒在地面的女子大叫，剎那間蠢動的影子變成魔手橫掃魔犬。

吃了不可視的一擊，魔犬頓時發出像幼犬的哀嚎並滾飛出去，但是又立刻重新站好，為了重新撕裂獵物而再度咆哮——

「——慢著！到此為止！」

可是牠的攻勢，卻被手持結界石的昴介入阻止。

跳起來的魔獸呻吟，含恨地瞪著昴手中的白色魔石。石頭裡的力量究竟有多大的強制力，竟然讓魔獸步步後退。

昴和狂人兩人，對魔犬來說是最不想錯過的組合。

即使如此，魔犬依舊沒有撲過來，而是抖著牙齒呻吟，流著口水往後飛躍，就這樣混進樹叢裡，腳步聲逐漸遠離。

魔獸並不是放過兩人，恐怕是在等人放掉結界石。

看著魔獸離開，昴長長吐出一口氣後回過頭，俯視狂人。之所以不讓沃爾加姆給她最後一擊，並非是動了感情。

而是判斷沒那必要，這從女子的內臟已經從破掉的肚皮裸露出來就能知道。

「竟然、有……這種事。沒想到、是魔獸的……」

「妳調查不夠喔。這一帶是魔獸的群居地，只是用結界隔開來罷了。」

脖子後方被咬，渾身致命傷的女子已經無法動彈。可能連眼睛都看不到了吧，失去光彩的眼睛也沒轉向昴那邊。

這個結果不能說是作戰勝利。只是靈光一閃和偶發要素配合，在九死一生下拾得的勝利。其實沒想到結下孽緣的沃爾加姆竟會在這種場合出現。

「再來就是掃蕩全滅了……羅茲瓦爾那傢伙。」

痛罵隱瞞太多事情的後盾後，昴蹲在浴血瀕死的女子身旁，撿起掉在她旁邊的福音書，收回懷裡。

就算昴誘餌作戰不管用了，還可以利用這本書繼續釣魚。其威力已經從跟這女的戰鬥裡充分感受到了。

「凱地變怎樣是不知道啦，但手指再多也只剩兩根……宰了他們。」

「沒、沒、沒……」

「妳是想說沒用還是沒可能？你們很多人都被我撂倒囉，稍微學習進步一點吧。是說跟妳講了也沒用。」

「————」

聽到昴的話，瀕死女子扭曲嘴唇。逆流的血液沒有停，從嘴角流出，女子以悽慘的形貌對著死亡微笑。

看她那樣子，昴感受到最大等級的冷顫。

並非處在危機狀態，而是對本能嫌惡、難以接受的存在起了直覺性冷顫。

「你、現在……先拿著……反正、一定……」

「————」

「——愛會被拿回去的。」

只有最後這句話非常清晰，女子的笑容瓦解，生命跡象停止。這是貨真價實的死亡，無法挽回的結束。

第四名，又或者第三名「怠惰」的死，昴都親眼看到最後。

「可惡……這傢伙到底想說什麼？」

昴俯視女子，粗魯地抓自己的腦袋。嘴巴很乾，這跟緊張和焦躁無關，昴亦自覺脈搏變得異常之快。

昴頭一次沒有借用他人之手，在戰鬥中使他人死亡。這事實讓雙膝微微顫抖。他用力咬牙，長長吐一口氣。

女子直到死前，都還對昴留下詛咒。那還是沒法立刻解開的詛咒。

「……就算打倒一人，還是有剩下的『怠惰』。不能在這停下腳步。」

揮別猶豫，目光離開屍體，跑向帕特拉修。在地面劇烈滾動使得地龍全身負傷無數，光外表就滿目瘡痍。

可是一察覺到昴接近，地龍也立刻堅強地站起。

「對不起，帕特拉修。其實我很想讓妳休息，可是我還需要妳。」

「————」

被宣告還得勉強行動的帕特拉修，默默地轉身背對昴回應他。這半天、這幾個小時裡不知道欠了這頭地龍多少恩情。昴跨上她的背。

拉起韁繩，命令失去頭盔的地龍回到村莊。手中的結界石還熱熱的，持續警惕著魔獸。

現在，魔犬八成待在樹叢裡看著這邊吧。但沒關係。一人一龍開始奔馳。

「剩下的『怠惰』，大罪司教的手指……大概還有一根！」

村裡的戰鬥熾烈難分時，昴和由里烏斯有趕往「不可視之手」的根部。

後來那裡爆炸，還在爆炸中心找到倒地的威爾海姆。在那之前，跟那個「怠惰」作戰的一定是威爾海姆。劍鬼一定打倒那傢伙了。

昴推測那場爆炸就跟龍車爆炸一樣，是用凱地的持有品造成的。而被劍鬼打倒的凱地，為了帶人上路而自爆。

如果真是這樣，那剩下的那根手指──應該就是最後的「怠惰」。

「只要收拾掉那傢伙，再來就是清空魔女教徒，這樣我們就贏了──！」

已經可以看到確切的勝利之路。但是，跟那光明相反，昴的心裡越來越著急。

為了避開狂人的攻擊，所以逃到森林非常深的地方。現在應該還在戰鬥的村莊好遠，衝上斜坡的每一分每一秒都叫人心急。

「──唔!?可惡！果然出來了!!」

咬牙瞪天的昴見到那光景，忍不住喊出超越想像的憤怒和焦躁。

眼前，森林後方的天空又伸出黑色手臂。方位在村莊，距離還很遠，所以昴的叫聲傳不到被那隻手瞄準的人那兒。

一旦那個往下揮，又會有人死掉。可能是騎士，或者是獸人，甚或是村民。

——昴所認識的某個人將會殞命。

發出不成聲的叫喊後，昴祈求黑色魔手突然消失。

像要呼應昴的悲傷，渾身是傷的帕特拉修提升速度，飛也似地跨過斜坡，突破森林，衝進剛剛即將被蹂躪的村莊。

「——『怠惰』!!」

衝進去後，昴聲嘶力竭地吶喊。

村莊被破壞的痕跡擴大，處處都倒著人類的屍體。在火勢竄升、夾雜哭聲和干戈聲的世界裡，立刻就發現狂人的身影。

第五名狂人是禿頭消瘦的中年男子，正狂抓染血的臉放聲大笑。

「——」

昴直覺對方就是最後一人。彷彿被他的確信給牽引，狂人回過頭。

互認彼此為敵人的視線交錯，但最糟糕的是對方搶先出招。

「啊啊——大腦在顫抖抖抖抖抖！」

已經舉起的無數手臂埋沒天空，伴著發瘋的怒號即將墜落。化為死亡瀑布的一擊會徹底蹂躪村莊，將一切全都砸死吧。

不阻止不行。雖然這麼決定並吶喊，但那只是不具有任何力量的叫聲。

狂人的蠻行就這樣塗滿世界——在那之前。

「——到此為止了，惡棍。」

——有人出聲。

而且那聲音讓所有人都愣住了。

大家都目瞪口呆，呆若木雞地仰望天空，結果無法動彈。

要說為什麼的話——

「你們的蠻橫我看不下去了——到此為止。」

超越蠢動的無數黑掌，絕對零度的青白色光芒覆蓋整個天空。

第五章 『履行契約』

1

青白光芒亂舞，照耀並彩繪被鮮血與火焰染紅的阿拉姆村。

冰冷空氣誕生出碎冰，光芒隨機反射而產生出奇幻光景——被稱為鑽石星塵的現象，美得奪去現實的悽慘。

「你們的蠻橫我看不下去了——到此為止。」

然後，在奇幻光景裡頭發出一道晶瑩剔透的高亢美聲。

銀鈴嗓音支配戰場，每個人都被剛剛出場的少女奪去目光。

迎風搖曳的銀色長髮，蘊藏堅強意志的藍紫色瞳孔，只要看過就絕不會忘記的頂級美貌，引人注目的理由光外貌就有好幾個。

但是在這瞬間，被她吸引目光的人都不是基於外表這理由。

——單純是因為她置身於此，就有著支配一切的壓倒性存在感。

「————」

鋼鐵互撞的聲音，怒吼和哀嚎，甚至連燃燒房屋的火焰都似乎屏息，現場鴉雀無聲。

在這樣的世界裡，銀色少女——愛蜜莉雅平靜地凝視敵人。

「愛蜜莉雅……」

道出那名字，昴就快被誕生在心中的複雜情感吞沒。

這也難怪。會這樣很正常。

宅邸旁邊就化為戰場，村民接二連三地進入宅邸避難，雖然有人為了保護他們而戰，但她不可能會老實地窩在屋子裡。

眼中帶著悲傷與戰意，愛蜜莉雅與開闢這戰場的魔女教正面相對。

「退下，惡棍。做出如此罪大惡極之事……不可饒恕。」

「啊啊，真是……」

看穿站在廣場的狂人是敵人，愛蜜莉雅朝著對方嚴厲斥責。可是狂人別說動搖，染血的表情反而充滿驚奇和喜悅。

「怠惰」扭動身子，朝愛蜜莉雅伸出雙手，笑著大喊。

「啊啊，啊啊！真是好日子！良辰吉日啊！這就是宿命！沒想到有如此上等的容器！長得一模一樣！簡直就是本人現身！我敢說重複試煉好多次都從未遇到這麼上等的容器過……！」

「……你在說什麼？」

激情過度，第五名「怠惰」哭到一把鼻涕一把眼淚。他莫名其妙的淚水，讓愛蜜莉雅皺眉面露困惑。

「哦哦，哦哦，魔女啊……我的愛之指標……！」

但是，愛蜜莉雅的反應似乎讓他感激，狂人開始搖搖晃晃邁步，主動縮短與愛蜜莉雅之間的距離。這毀滅的倒數計時行為，讓愛蜜莉雅翻掌朝向他。

「不准動！下次我不會再警告了。」

愛蜜莉雅伸掌對著想靠近的狂人這麼宣告，但制止聲沒傳到狂人的耳朵，他一步又一步地縮短距離──

「這次一定！沒有下次！我一定會將妳、一定會將妳……」

「──我說過了，不准動。」

如方才的警告，第二次的宣告不是警告，而是冷徹行使實力的最後通牒。

光芒亂舞的大氣產生裂痕，膨脹的瑪那凍結空氣中的水分，誕生有著尖銳矛尖的冰槍──總計四隻，在一瞬間釋放。

「────」

極死冰結毫無慈悲，可確實斷人性命的一擊，穿透被直擊的狂人肉體，接著染白全身，連同靈魂一同化為冰雕。但是──

「毫不猶豫，毫不慈悲，毫不留情……真是真是真是──勤勉的判斷！」

「……他不是你的同伴嗎？」

魔女教徒挺身保護狂人而變為冰雕，狂人則是在旁邊活蹦亂跳著大笑。無法理解他那樣子的愛蜜莉雅蹙眉。
聽到這疑問，狂人脖子傾斜九十度，使出魔手粉碎變成冰柱的部下。
「他是信徒！我這根手指也是！不過，這一切在妳面前，在容器面前毫無意義！就連我也一樣！現在、現在、現在現在現在現在現在現在現在現在現在！我的意志、我存在的理由！全都是為了妳！」
「——」
「為了妳、為了妳、為了妳……但是，只有那個不能接受！」
瞪大雙眼的狂人舉起染血手指，咬爛的指頭直指對狂態說不出話來的愛蜜莉雅——正確來說，是愛蜜莉雅的左肩。
纖細的肩膀上，有隻靠著銀髮的小貓精靈。「怠惰」朝他投以憎惡。
「精靈、精靈、精靈！矮小之身，不懂大義不懂愛！膽敢靠著容器，不知自己有多罪大惡極！無知，即是罪！這等暴行不可原諒！」
精靈帕克的存在，讓「怠惰」散播大量嫌惡和憤怒。不過被指名的帕克，也用殘酷的眼神望向氣呼呼的狂人。
那是無法從平常表現溫和悠哉的他身上想像得到的感情——不，昴知道帕克有那種感情，有尖銳的殺意。
因為昴親身體驗過小小身體裡頭的強大力量。

「很遺憾，和這孩子在一起是我的存在理由。我不需要誰的允許，更不打算乞求原諒。——你才叫人不愉快至極。」

不管對誰都不會改變態度的雙方，互相投以明確的憎惡。狂人用激情責備帕克，帕克則是嫌惡地輕蔑狂人。

擁有強大力量的存在，即將展開一觸即發的激戰。

「等等，別這樣……」

「要等等的是昴啾。來，蹲下來。」

想要在開戰前介入雙方的昴，袖子突然被人拉扯。昴嚇了一跳，菲莉絲不知何時出現拉他袖子。先前圍著破布的他現在披上斗蓬，撫摸滿身是傷的帕特拉修，朝著昴嘆氣。

「不只這孩子，還有昴啾自己也受了重傷，絕對要保持安靜，這是命令喵。」

「現在是說這種話的時候嗎！怎能讓愛蜜莉雅和那傢伙戰鬥……」

「叫來愛蜜莉雅大人，是我和拉姆醬的判斷。——就稍微相信她一點吧。」

焦躁的腳步被制止又聽到這番話，昴皺起整張臉。看他不懂自己想說什麼，菲莉絲閉上一隻眼睛，說。

「相信你想保護的人，不是只會待在別人身後的人。」

2

戰鬥平靜地開始，彷彿先前的激烈互動都是騙人的。

「——」

鑲嵌在周圍的冰霧障壁被打破，愛蜜莉雅快速朝後飛躍。緊接著，她原本站著的地面炸開，土壤分崩離析讓她眨眼。

「真的什麼都看不到呢。」

「要注意喔。」

點頭回應帕克的叮嚀，愛蜜莉雅手掌輕拍地面。

狂人使出的不可視一擊——事前菲莉絲已經警告過，而愛蜜莉雅確實也看不到。但是，就算看不到也有防禦的方法。

讓冰霧漂浮在身體周圍，察覺碰觸進而閃避。這是帕克提出的方法，以愛蜜莉雅的身體能力而言並非辦不到。

「還有，馬上接近然後收拾掉他。」

低喃的愛蜜莉雅，腳底和手掌拍過的地面逐漸染為純白。覆蓋地面的結冰以愛蜜莉雅為中心廣範圍擴散，一瞬間就讓半徑二十公尺的地面化為凍土。

鞋底有久違的觸感。愛蜜莉雅出生和成長的森林就是這種地貌，因此她十分擅長滑冰。

「這種小花招！惹人生厭！耍小聰明！在我的愛面前等同無意義的掙扎！」

愛蜜莉雅起腳第一步就進入最高速度。男子朝著滑冰的她破口大喊。

緊接著，壓迫感如轟鳴般迫近，飄在男子身體周圍的冰霧逐漸剝落。但是等看不見的手臂穿過霧時，愛蜜莉雅的身軀早已不在那裡。

她在冰上滑行，以男子為中心畫出大圓來擾亂目標。不管是追趕、繞到前頭或是想設圈套都沒法奏效。冰之大地自由擴張，她可以逃到任何地方。

而且在不可視之手抵達前，愛蜜莉雅的可靠保護者已先完成包圍網。

「我明白你對我自傲的愛女著迷，但是壞蟲就免談了。」

「嗯——!?」

做出有點無精打采的宣告的瞬間，厚實的冰牆在男子四周聳立，像要圍困住他。退路被堵，男子瞠目結舌不知發生什麼事，處於完全無防備的狀態。

——緊接著，冰牆發出聲音，朝內側射出冰柱。

毫無退路，亦無前兆的必殺一擊。

被命中的獵物將會在冰牆內成為串燒，連流出的每一滴血都會結凍然後碎散。

與可愛的外表相反，這攻擊體現出帕克純真無邪的殘酷面。但是——

「——天真!!太天真太天真太天真天真天真天真天真真真真真了!!」

男子在冰牆內側吶喊，下一秒冰牆就隨著高亢聲響碎成粉末。在碎冰閃耀的光芒中，飛出來的男子毫髮無傷。

冰柱襲來的瞬間，他以不可視之力在冰牆內部築出牆壁。冰牆因承受不了來自內部的壓力才會粉碎。

「這點程度就想打倒我，可笑至極！試煉沒那麼簡單──」

「嘿呀！」

「──嗚哇!?」

可是，耀武揚威踏上結冰地面的男子，被高速滑行的愛蜜莉雅給絆倒。

無聲滑行的愛蜜莉雅，一踢就命中毫無防備的男子的心窩。速度加上力道，構成威力十足的踢擊，男子的身體被輕而易舉地踢飛。

「這次一定要……咦!?」

接著先繞到男子預定墜落的地點，展開魔力──想以盛開的冰花迎擊的愛蜜莉雅，懷疑自己所看到的光景。

被彈飛出去、畫出拋物線的男子，身體在空中停住，還朝其他方位飛上去。簡直就像飛在空中的期間被什麼抓住，然後硬是朝其他方向扔出去的不自然動作──

「還有那種用法……」

「啊啊，放棄思考就是怠惰本身！應用！借用！直接挪用！」

見在空中飛舞的男子手伸向自己，愛蜜莉雅立刻做出冰柱擲向對方。但是冰柱卻在飛向男子的途中撞上某物而碎裂，沒能碰到他。

反而是男子生出的壓迫感勢頭毫不收斂，於是滑行的愛蜜莉雅運用能力，在前方地面生出斜坡——利用滑冰的速度一口氣飛上空中。

「————」

彼此都到了半空，兩人視線交錯。

互換瘋狂和義憤後，率先發動攻擊的一樣是愛蜜莉雅。這次做出許多冰之圓盤，劃破天空以不規則的軌道敲向男子。

置身在無法動彈的空中，躲不過從上下左右包夾的冰之圓盤。

「正是正是正是正是、正是——!!」

可是，男子以不自然的靈活、不合邏輯的方法閃過了飛過來的圓盤。

以亂無章法的舉動在空中彈開，讓身子不由自主地旋轉同時逃離圓盤的飛行範圍後，男子高呼快哉。

「什麼，那是……怎樣？」

「——正是愛！」

詭異的動作連愛蜜莉雅都忍不住呻吟，男子回以不成答案的回答，用猖狂的氣焰作為回禮，直刺而來的殺意令愛蜜莉雅的雪白肌膚起雞皮疙瘩。

灌注不輸給警戒的戰意後，男子用力合握雙手——

「我的愛之印記！寵愛的洗禮！成就試煉！接受試煉吧!!」

「——呃！」

冰霧被破除的感觸，使愛蜜莉雅的表情自這戰鬥開始後頭一次僵硬。那是察覺到來自四面八方、堵住去路的不可視暴力的結果。

她人身在空中，無法自由行動。這難以避開的一擊，正是對方的回禮。

「————」

而且那一擊確實命中愛蜜莉雅的胸膛——殘酷地穿刺進中心。

破壞力挖開乳房，在胸口開了一個洞。看到這一擊貫穿的結果足以看見對面，男子瞪大雙眼。

「這就是寵愛的終結！我的愛之成果！魔女回應我的愛的證明！但是沒什麼好感嘆的！就算失去內容物，容器我們會——」

「嘿呀！」

「——嗚哇!?」

男子的勝利宣言被踢擊中斷。來自正後方的一踢將身體給踹飛。

從死角使出的一擊完全超乎男子的預料，除了威力還不知道發生什麼事。坐在愛蜜莉雅肩膀上的帕克在男子面前用肉球拍手。

一瞬間，胸口被貫穿的愛蜜莉雅冰雕粉碎。只要調整光芒的折射角度，那個冰雕看起來就很像本尊。

「不行喲，戰鬥期間怎麼可以看旁邊呢。——會被小花招耍喔？」

在空中旋轉的男子沒有餘裕看周圍，也因此才會被帕克準備的假愛蜜莉雅給欺騙，露出毫無防備的背部。

而愛蜜莉雅也準備萬全，沒有放過這機會。

「這次不會讓你逃了。」

「——唔！」

吃了踢擊而急速下墜的男子，雙手雙腳被冰銬禁錮，不但無法動彈，連抵抗的手段都被封鎖，於此同時愛蜜莉雅的攻擊即將完成。

男子撞擊地面，凍住的四肢將身體固定在地上。空中的愛蜜莉雅就這樣朝著男子的身體筆直落下。

距離逐漸縮短，看著接近自己的愛蜜莉雅，男子張大雙眼，笑道：

「啊啊，這實在是——有夠勤勉！」

「謝謝。——我會確實完成的！」

朝大笑男子墜落的愛蜜莉雅，手掌貫穿他的身體正中央。

威力讓骨頭斷裂，男子痛到悶哼。但是痛苦也只有一瞬間。

下一秒手掌碰著的位置開始結凍，男子不只四肢，全身都逐漸白化，最後成為冰雕。

「——」

連臨終哀嚎都辦不到，就這樣化為盛開冰花的一部份，男子殞命。

——那就是愛蜜莉雅與男子戰鬥的結果。

3

看到戰鬥分出勝負，昴呆若木雞、發不出聲。

「————」

壓倒性，這種說法有語病。但是，愛蜜莉雅從頭到尾都穩操勝算，靈活移動和進攻，完美地成功打倒最後的「怠惰」。

「吶？就跟人家說的一樣吧？」

代替呆掉的昴述說感想的是身旁的菲莉絲。他用治癒魔法輕鬆地堵住地龍的傷，接著朝昴的身體伸出治癒之手。

被細指觸碰才想到受傷，痛楚又跑出來。身上有無處的擦傷和跌打損傷，特別是右半身痛得非比尋常。那是在森林裡和帕特拉修摔倒撞到地面的傷。

「唉呀，昴啾這個……腳踝和肩膀，不會痛嗎？」

「住手，這是安慰劑效應！讓我深信這些傷根本不會痛！」

「討厭～這樣不可以啦喵。可能會死喔……」

昴一誇張表露痛苦，菲莉絲就趁機戳他側腹。用手推開惡作劇的菲莉絲，昴邊嘆氣邊重新看向愛蜜莉雅。

她站在化為戰場的村莊正中央，俯瞰成為冰花的最後一名「怠惰」。

不知狂人的死讓愛蜜莉雅產生何種情感。不過，昴看到那白皙的臉頰劃過一道反射光芒的淚痕。

奪取他人性命，為此感到心痛吧。既然如此，能力不足又還將她跟魔女教牽線的菜月・昴就是罪人。

「────」

可是，愛蜜莉雅似乎為流過臉頰的淚水感到吃驚，慌慌張張地擦掉。是被肩膀上的精靈說了什麼吧，不過皺眉的愛蜜莉雅一臉不知所措。

她自己也不知道流淚的理由，昴從那氣氛這麼判斷。

「──？」

突然，凝視愛蜜莉雅的昴，察覺到奇妙的感慨在自己的心頭萌芽。那和對她的眾多心情不同，是某種異樣的感情。

為什麼這感情會攪拌腦袋到不可思議的地步，簡直就像──

「──唉呀呀，大家真性急。」

遠方和村子處處都可以聽到鬧哄哄的聲音，菲莉絲微微苦笑，說。
愛蜜莉雅打倒最後的「怠惰」成了決定勝負的關鍵，戰鬥邁向結尾。在村子各處應戰的魔女教徒大多都被殺，勝利的吶喊響徹天空。
特別吵鬧的是「鐵之牙」的成員吧。但是為勝利而沸騰的不只獸人，在戰鬥中倖存的騎士們也舉劍歡騰。
「菲莉醬的工作現在才要開始，不過輕鬆的啦喵。」
對治癒術師菲莉絲來說，真正的戰場接下來才開始。傷患有多少，能搶救傷者到什麼地步，端看自己的本事。
當然，絕對不能做出在被勝利煮沸的同伴身上潑冷水的行為——
「——菲莉絲。」
「來啦來~啦，你們的菲莉醬來囉……咦，威廉爺!?」
輕佻地回應呼喚，卻被出聲的人給嚇到叫出來。背後是拖著染血的上半身、痛苦喘氣的威爾海姆。
重度燒傷和無數撕裂傷所形成的模樣慘不忍睹，十分適合稱為半死不活。
「慢著！為什麼受重傷還亂跑！馬上給你治療，立刻躺下……」
「不，我的事待會再說。比起我，有更重要的事。」
「你可能會死耶!?有什麼事比性命重要……」

「就是那麼重要。——昴殿下呢?」

與傷勢相反,威爾海姆的聲音裡充滿霸氣和朝氣。因為他是用氣魄支撐隨時都會倒下的肉體。

被他給嚇到傻住的菲莉絲,立刻轉頭看後面。

「昴啾的話,就在這——」

應該還呆站在那,不知道要跟愛蜜莉雅說什麼才好吧。

可是——

「——昴啾?」

回過頭的菲莉絲,視野裡處處都找不到菜月‧昴的身影。

4

抱著頭,穿過樹叢,拼命地往森林深處奔跑。

要盡量、盡可能、竭盡所能、全力以赴、跑得越遠越好。遠離村莊,遠離廣場,遠離同伴——遠離愛蜜莉雅。

「哈!呼……哈啊!」

邊喘氣邊死命地在不好走的森林裡穿梭。汗水流進眼睛,心臟難受到像要從嘴巴跳出來。可是那些都沒什麼好在意的。
眼皮底下烙印著背對自己的銀髮少女身影。回過頭，對上眼，互道重逢話語——那一瞬間，已經無法來臨。
不是因為沒臉見她，也不是因為害怕。而是因為別的理由。
是更討人厭、更可怕的理由——
「——昴，你要去哪！」
「——呃!?」
本來是不想遇到任何人才會往沒人的森林深處衝，現在卻被叫喚。昴嚇到瞪大眼珠，停下腳步，視線盡頭是細長的身影。
一頭淺紫色頭髮，洗鍊的站姿加上美麗外貌的美男子——由里烏斯・尤克歷烏斯。
原本拍打被血弄髒的制服衣擺的他，手貼著身旁的大樹盯著昴看。
「你沒事就好……不過怎麼了？我聽見村子傳來勝利的歡呼。看你的樣子，那個『怠惰』應該也被解決了。可是為什麼你卻跑來這？」
「————」
「有什麼擔憂請跟我說。一路到這，我們可是同生死共患難的同伴。」
用手撥正亂掉的瀏海，由里烏斯耐心地朝著面頰僵硬的昴述說。如他所言，村子那邊的方向還能聽見同伴的聲音。

是聲音還傳得到的距離。要到更遠，明明想要到更遠的地方。

因為，不遠一點的話——

「——昴？」

面對沉默不語的昴，由里烏斯蹙眉。察覺不對勁的騎士就著憂慮的眼神朝他接近一步。那是擔心他受傷不適的眼神。

可是，不是身體的問題。多虧菲莉絲先做了簡單的治療，身體可以動。

——所以才讓這個「肉體」可以達成使命。

「昴——」

「由里烏斯，離我遠——不過太遲了!!」

「——!?」

昴全心全力的抵抗，只妨礙了一半。

但即使是中斷的隻字片語，也夠騎士立刻離開攻擊範圍，免於受害。

高舉揮空的手，「昴」不開心地歪扭脖子。——朝旁邊轉九十度。

「反應不差。雖說有肉體的抵抗，但你竟然躲得掉。你真是真是真是—勤勉之人！正因如此，才可惜……」

「——依亞突然被彈出昴的身體時，我就有不好的預感。」

單膝跪地，拔出騎士劍的由里烏斯懊惱地說。動搖的黃色雙眼有著憤怒和悔悟，以及無盡戰意和迷惘在複雜盤旋。

看穿他眼神的動搖，「昴」了然於心點頭道。

「越來越有希望！你的存在方式、思考方式、動搖方式，全都是勤勉的證據！可惡之處在於你已經被骯髒下賤給污穢靈魂！」

「被骯髒下賤污穢的，是現在的他。你——」

瘋狂的嫌惡，和義憤的嫌惡，極端的兩股激情互撞，由里烏斯和「昴」互瞪。這時——

「由里烏斯！昴啾！」

伴隨很大的腳步聲，穿越樹林的高分貝聲音介入這狀況。揚起煙塵現身的是漆黑地龍，跨在背上的是菲莉絲和威爾海姆。

龍背上的菲莉絲看到由里烏斯和「昴」敵對的狀況後瞠目結舌，威爾海姆跳下龍背與由里烏斯並立，然後用嚴肅的目光看向「昴」。

「由里烏斯殿下，昴殿下他……」

「威爾海姆大人。——那不是昴。」

由里烏斯壓抑感情的回答，讓用力咬牙的威爾海姆釋放劍氣。

空氣緊繃，菲莉絲不安，由里烏斯氣憤，威爾海姆為激情而皺起臉，在這之中只有「昴」歡喜地狂笑拍手。

然後——

「在這麼多人面前，容我再次報上名號。——我是魔女教大罪司教，掌管『怠惰』的……」

歪著脖子九十度，拉開衣服拉鍊的「昴」——狂人開懷大笑。

「貝特魯吉烏斯・羅曼尼康帝!!」

他這樣自稱。

5

錯了。搞錯了。在最關鍵的部分，昴落於敵後。

他錯認貝特魯吉烏斯・羅曼尼康帝這個邪惡存在的最重要部分。

魔女大罪司教「怠惰」並非冠上十指之名的複數存在。

——而是可以寄生在他人肉體、名為貝特魯吉烏斯的單一精神體。

「太好了！真棒的身體！幾十年沒遇到這麼恰當的肉體了，為了補充失去的『手指』，結果選到了最適合的素材！」

「竟然擅自……！現在立刻離開昴殿下的肉體，邪魔歪道！」

「你是為了什麼、有什麼權利說那種話？正因為你殺光我重要的『手指』，所以才會只剩下這個肉體可以進來！」

仰頭朝天，手掌抓著臉的貝特魯吉烏斯讓威爾海姆激動不已，但對此，狂人卻是用昂的臉和聲音愉悅地搔抓喉嚨。

噴血挖肉的樣子，讓由里烏斯等人咬牙切齒。

「你的資質不壞，但肉體刻了太多多餘的術式，因此終究沒法成為我的手指。」

「──────」

「勤勉的老邁身軀呀！你的肉體也不適合當我的『手指』！精神層面值得尊敬，但肉體容器卻與寵愛不合……啊啊，真是悲劇！」

一一指向菲莉絲和威爾海姆後，貝特魯吉烏斯搖頭。

不明白他的發言意味著什麼，只傳達出他用不良的企圖來判斷別人是否符合他的標準。然後──

「──最棒的精靈使者。只有你，無可救藥。要是除去身上邪惡的污穢，應該就能成為我的優秀『手指』，怎麼樣啊？」

「很遺憾，即使花蕾們放棄我，我也不可能捨棄她們。這是你這種狂人無法了解的感情。」

上乘的惡意令由里烏斯也以頂級敵意駁斥。聽到後，貝特魯吉烏斯瞪大眼珠，接著用抽動的聲音大笑，拍腿大喊。

「狂人！真是正確的認知！沒錯，我為愛而瘋狂！為了愛、畏愛、遺愛、慈愛、恩愛、渴愛、疼愛、敬愛、眷愛、至愛、私愛、純愛、鍾愛、情愛、親愛、信愛、深愛、仁愛、性愛、惜愛、切愛、專愛、憎愛、忠愛、寵愛、貧愛、偏愛、盲愛、友愛、憐愛、為了愛、為了愛、為了愛、為愛、為愛、為愛為愛為愛為愛為愛為愛為愛為愛為愛愛愛愛愛愛——!!」

「瘋子……」

由里烏斯朝陷入瘋狂狀態的貝特魯吉烏斯投以敵意，同時朝昴的靈魂傾訴。

「昴！醒一醒！別被那種狂人給佔據……！」

「沒用的！這個肉體已經被我的意識支配！不管怎樣掙扎一切都沒有意義！這個身體，已經是我的『手指』了！」

「誰在跟你說話！昴，想一想！你是為何回來、為何而戰，你不是向我叫囂過了嗎！」

喝叱貝特魯吉烏斯，由里烏斯舉起繞著六色精靈的騎士劍。虹色極光驅散森林黑暗，一瞬間炫目得讓人眼花繚亂。

原本整個覆蓋的意識，產生了些微空隙。這時——

「幹、什麼!?搞、什麼……鬼啊，混帳傢伙……！」

「——！」

從內側湧出的感情奔流，讓後仰的狂人驚愕地瞠目結舌。口中道出的話雖然斷斷續續，卻能窺見肉體主人的意志。

就這樣推走貝特魯吉烏斯驚訝的表情，昴痛苦喘氣的表情自下方浮現。其變化讓另外三人像是看到希望而叫出聲。

「昴！」「昴啾！」「昴殿下！」

「我、是……貝特魯吉烏斯・羅曼尼康帝……住口，我是、菜月・昴……！」

推開、推走。把所有想要埋沒內心的黑色沈澱物給擠開。

「不要、在耳邊吵鬧……就這樣被壓下去……你以為、憑自我能、勝得過我嗎……」

逞強，虛張聲勢，為了取回自己的心而奮勇抵抗。

不這樣的話，似乎馬上就會輸給這份自毀衝動，又或者想用從自己的影子伸出的破壞之手將周圍的一切全都糟蹋殆盡。

「──」

這股衝動，就是貝特魯吉烏斯一直懷著的黑暗嗎？

既然如此，對狂人至今以來的異常，自己能抱持一定程度的理解和共鳴。

若是被這樣的瘋狂侵蝕，只能靠自殘來保持正常。

若經常被這種瘋狂塗抹，就算精神失衡也不奇怪。

──這就是貝特魯吉烏斯所看著的世界嗎？

「我不企求理解。」

這是頭一次，貝特魯吉烏斯穿越昴的抵抗而說的話。

總是口述瘋狂、狂喜、狂亂的精神體，發出毫無感情的聲音。
那個黑暗，比之前的瘋狂狀態都還要讓昴冷徹心扉。
然後理解到——那是絕對不能表露出來的黑暗。
「……殺了我，由里烏斯。」
貝特魯吉烏斯的抵抗解緩，所以要在掌控主導權的期間做出了斷。
為此昴選擇了可能性最高的方法。為了打倒貝特魯吉烏斯，那把劍的可能性最高。
被指名的由里烏斯愣住，張大眼睛顫抖嘴唇。
「你說什麼？」
「抱歉、了……這是時間的問題。現在，不阻止我，就贏不了……在那之前！」
「不行！想清楚，昴！我是騎士，是精靈術師。為了協助你的目的而跟你交換契約的精靈騎士，怎麼能做出出爾反爾的事！」
「我跟你的契約，是要救愛蜜莉雅……吧。雖說很、卑鄙。」
昴幾乎是擠出來的回答，讓由里烏斯面容苦澀歪扭。
他失去平時貫徹的優雅與從容態度，這表情讓昴有點驚訝。沒想到他會猶豫到這種地步。
「你不是之後有話要跟我說嗎？」
「……抱歉了。看來是說不成了。」
想起與「怠惰」作戰時，發誓要再見面的話。早知如此之前就該和解，結果拖到現在最後沒法達成。

「威爾海姆先生，請不要、亂來……」

「現下，先不要勉強，一起想辦法吧。這種結果，我實在不能——」

連治療傷勢的時間都珍惜起來用來追上自己的威爾海姆渾身都是傷。憑毅力驅使應該無法動彈的身體，劍鬼為昴的姿態感嘆，但卻無法揮劍驅散這股黑暗。

昴無力，像換氣一樣笑了出來，然後決定拜託最後一人。

「——菲莉絲，拜託你了。」

「就恨我吧，昴。——因為我也恨。」

昴央求，朝著現場對生死最殘酷的菲莉絲點頭。他用簡直早就知道會被指名的態度，伸手指向昴。

以眼泛淚光的菲莉絲的動作為始，昴的身體中心產生變化。

——那是血液像要沸騰的灼熱痛苦，難以忍受的熱度開始燃燒全身。

「嘎、啊啊啊啊——!!」

好燙。好燙。好燙。好燙好燙好燙好燙好燙好燙好燙好燙好燙好燙——

喉嚨好燙。眼睛好燙。身體好燙。舌頭好燙。鼻子好燙。雙手好燙。耳朵好燙。雙腿好燙。血液好燙。大腦好燙。骨頭好燙。靈魂好燙。生命好燙。好燙、好燙、好燙！

血液真的沸騰，內臟被燉煮、腦袋蒸發的高溫讓視野一片白濁。

『啊啊啊啊啊啊——!?』
除了融化的耳膜，其他地方還響起其他人的臨終哀嚎。
肉體一個，寄宿的精神體有兩個。當然，共享肉體的狂人的精神也被一併燒毀。
不能讓他逃跑。就這樣連同禁閉這靈魂的容器一同送到死亡的世界。
「————」
痛苦、打滾、痙攣，終於無法動彈。
甚至沒法再次掙扎。貝特魯吉烏斯在昴體內迎接死期。
「菲莉絲！為什麼……」
「不然還有誰能下手！這也是昴啾的期望。」
「話雖如此，卻讓昴殿下這麼痛苦——」
「——！你們以為！我喜歡這樣嗎!?這份力量，為了庫珥修大人使用的力量，跟殿下約好的力量，拿來做這種事……！」
遺憾的感嘆，以及蓋過感嘆的怒意聽起來好遠。
自己已經連轉動脖子的力氣都沒有了，但內心還是為讓菲莉絲弄髒手一事感到歉意。
由里烏斯猶豫，威爾海姆下不了手，所以只能拜託菲莉絲。
跟在爆炸的龍車裡頭讓凱地昏倒的手法相同。昴的肉體曾經直接接受過治療，所以菲莉絲就算不用碰也能直接操縱他體內的瑪那。

結果就如大家所見，超乎想像的威力和痛苦讓昂幾乎後悔拜託他。

——但是，跟請他下手比起來，讓他下手的後悔程度比較重。

菲莉絲的力量是治癒人的力量，對此他應該很自傲、還有著使命感和更重要的心情在吧。可是，自己卻讓他用在壞的方面。

——抱歉。如果能用一句話抵銷的話那該有多好。

「————」

倒臥在地、一動也不動的昂，臉上被什麼東西抵住。已經混濁的眼睛看不見，但是對那堅硬粗糙的感覺有印象。

不是由里烏斯，也不是菲莉絲或威爾海姆，是跟昂有關的——

「————」

貼近昂猶如風中殘燭的生命，帕特拉修哀悼主人。

自己添麻煩最多的四位對象——不，還少算愛蜜莉雅跟雷姆。還好她們兩人不在場，真的太好了。

「——昂。」

清廉之聲灑下，感覺有人站在帕特拉修的反方向。用不著去想是誰，因為帶著覺悟的聲音除了「最優秀」騎士以外別無他人。

因為現場最有騎士風範的人，就只有由里烏斯。

「強迫你和菲莉絲做出不期望的決定，是我的不道德。總有一天，我會遭受處罰吧。」
不要在意奇怪的事啦，但卻連出聲的力氣都沒有。
儘管動手吧。絕對不要忘記。
——我也絕對不會忘記，這份痛苦和無力感。
「——————」
一瞬間產生無聲，可是沉默沒有挫折騎士的覺悟。
冰冷鋼鐵的觸感抵著脖子，為他即將葬送自己的事實吐氣。
「——殿下，對不起。」
「——莉雅大人，一定會哭的。」
別人說話的聲音聽起來沙啞遙遠，一切都變得含糊不清。
發誓不能忘記，發誓要挽回，發誓一定要重返。
『要在這邊結束？怎麼可以！我好不容易……好不容易！得到你這麼適合的容器！眼前即將完成試煉！找「手指」！只要有新的容器我就不會消失……』
——吵死了，下地獄去吧。

6

朝著遙遠、不知名之處墜落，下降——

看樣子，又死了吧，又失去了吧。
該贏卻輸掉一切，再次抱著失敗，悽慘地殞命至地獄底部。

回顧世界。
回顧過錯。

不可以忘記，不能忘記，絕對不可忘記。
菲莉絲抽泣的聲音，威爾海姆遺憾顫抖的嘆息，由里烏斯後悔到咬牙切齒的覺悟——莫忘記。要牢牢抓住，不可放手。

這次的「生」，將到此結束。
不過，可是，然而，菜月・昴沒有結束。
不管會怎樣，會回到何處，有什麼苦難在等待都一樣。

我不會停止抵抗！這麼發誓，然後重來。

噗滋一聲，一切都落入黑暗中。

就這樣中斷，就這樣被切斷，就這樣——

『——我愛你。』

伴隨那溫柔、夢幻、甜蜜的殘酷吐氣——

菜月・昴殞命，世界再度流轉。

《完》

後記

嗨，你好，大家好！我是長月達平，對一部份的人來說一樣是鼠色貓。

這次也很感謝您陪伴本作Ｒｅ：Ｚｅｒｏ。

算算本系列已超過十部，這一集算第十一部！故事都跟集數重疊了。

還有蒙受萬幸，本書日版第八集發售是在Ｒｅ：Ｚｅｒｏ電視動畫版播放之前。對作者和一名收視者而言，每一天都非常快樂。

好啦，機會難得，來稍微聊聊動畫方面的話題。

電視動畫製作公司和工作人員名單都有在Ｒｅ：Ｚｅｒｏ的官網發佈，不過如各位所見，本作聚集許多厲害到爆表的成員。

其實一開始責編Ｉ氏跟我提起很多事的時候我都一直回他：「欸？」好幾次都以為自己聽錯了。

之後工作和日子都在短時間內神速過去，實際和相關人士見面後，逐漸有了「唉呀？這樣下去可能真的不是夢喔？」的感覺，最後想法還變成「假如是真的，在現實中會更困難吧？」。

在決定推出電視動畫之後，我收到許多人的祝賀。從實體書開始閱讀作品的各位，在網路投稿的時代就認識我的各位，有些是作家同伴，還有故交老友，總之很多人。

被大家溫暖的話語勉勵時，同時答不上被詢問的問題，真是抱歉。不過當然不是基於那種不能隨便透露情報的保密義務，最大的理由在於作者幾乎什麼都沒聽說。

並不是沒人可以告訴我，單純是我害怕發問所以沒去問。

我想大家都知道，人類都會去懷疑太幸運的事。

像做成動畫就是最經典的例子。不小心多嘴說錯話的瞬間，宛如美夢的日子就如泡沫消失……因此，作者才會徹底龜縮。

當然，腳本會議和配音現場我都盡可能去露臉，在原作者能幫上忙的範圍內盡心盡力。不過，動畫現場就都由動畫專業人員一手包辦，而專業人士的能力真的很厲害。

我想Ｒｅ：Ｚｅｒｏ動畫會是很棒的作品，敬請期待。

從四月份開始就會播放，屆時一起享受吧！

就這樣，對話走向完全朝結束發展，不過這次在作者的任性下稍微增加了一點後記的頁數。

為什麼呢？因為有太多想講的話！

其實寫這個後記的月份、２０１６年的二月，作者去了台灣舉辦的「動漫節」活動並舉辦簽名會。

對作者來說是頭一次出國！第一次到台灣！首次簽名會！對不起，首次簽名會是騙人的，這是第三次簽名會，不過真的有很多事都是第一次發生。

或許有人會被嚇到，其實Re：Zero在國外也有出版。不只Re：Zero，日本的動畫、漫畫、小說等諸多作品在國外都很受歡迎。

這次邀請我的「動漫節」活動也是，集合了在台灣人氣高的動畫等等，所以在會場內不管看哪都是日本的動畫。

更讓人驚訝的是，台灣粉絲的熱情和驚人的歡迎氣勢。

老實說，頭一次出國使得作者相當不安。要遠渡重洋，跨越語言障壁，還要擔心到底會聚集多少人——

結果盛況空前。真的不誇張，我跟所有人都抱過。謝謝台灣！

然後講到語言障壁，參加的粉絲每個日文都講得極之溜口。講「E・M・T」也通的時候我真的被嚇破膽。

當然，所謂的在國外出版，就是作品被翻譯出版的意思。Re：Zero的翻譯出版社是「青文出版社」，一想到出版社多麼細心地把作品分享給台灣的讀者，我就覺得欽佩至極。

還有，待在台灣的期間，經常帶著頭一次出國、像小鹿一樣發抖的作者到處逛的，也一樣是青文出版社的版權人員。她的款待讓我覺得自己像是哪來的名流，吃了好吃的飯，好吃的芒果剉冰，還有喝到醉醺醺，真的是絕佳之旅。

從網路開始細水長流的故事化為實體書籍，然後不知不覺間跨海讓國外讀者閱讀，甚至還有機會改編成動畫，簡直就像一場美夢。

現在過著還不敢捏臉皮痛醒自己的時間，同時為了不要讓這種美夢日子以夢境告終，今後端看自己有多努力和得到多少助力。

謝謝你，台灣！還有今後也請多多指教，台灣！當然，日本也是!!

好啦好啦，要來的頁數也快用完了，要移到慣例的感謝話語囉。

首先，責編I大人，謝謝您每次都用笑臉回應作者的胡來要求。這次有您陪同到台灣，讓我備感安心。不過，就算是作者突發奇想，要我寫兩百張簽名板也太超過了。

再來是擔綱插圖的大塚老師，雖然每次都驚艷，但這次也要謝謝您為封面繪製美麗的插圖。還是一樣是非常完美的作品，而且還突然拜託您畫了台灣活動的限定插圖，十分感謝您。您真的人太好了。

設計師草野老師，本系列已超過十部作品，排列起來相當可觀。包含這集在內，今後也還請繼續魅惑娛樂大家。謝謝您。

負責漫畫版的マツセ老師和楓月老師，兩位超強的，每個月都在畫本故事，真的非常感謝。看了兩位的畫就會突然想起女孩子很可愛這點，謝謝兩位。

其他還有MF文庫J編輯部、行銷人員、校正人員和各家書店，真的承蒙大家照顧了，謝謝您們。

還有在台灣的青文出版社，特別是負責招待我的劉女士，真的多謝照顧。容我借用這個版面向您致謝。

還有最後要向看著這本書、溫暖聲援支持我的讀者們獻上最大等級的感謝。今後也請繼續關照Re：Zero跟動畫。

那麼，期待在下一集再會！

2016年2月　長月達平《動畫即將開播導致興奮顫抖不已》

後記

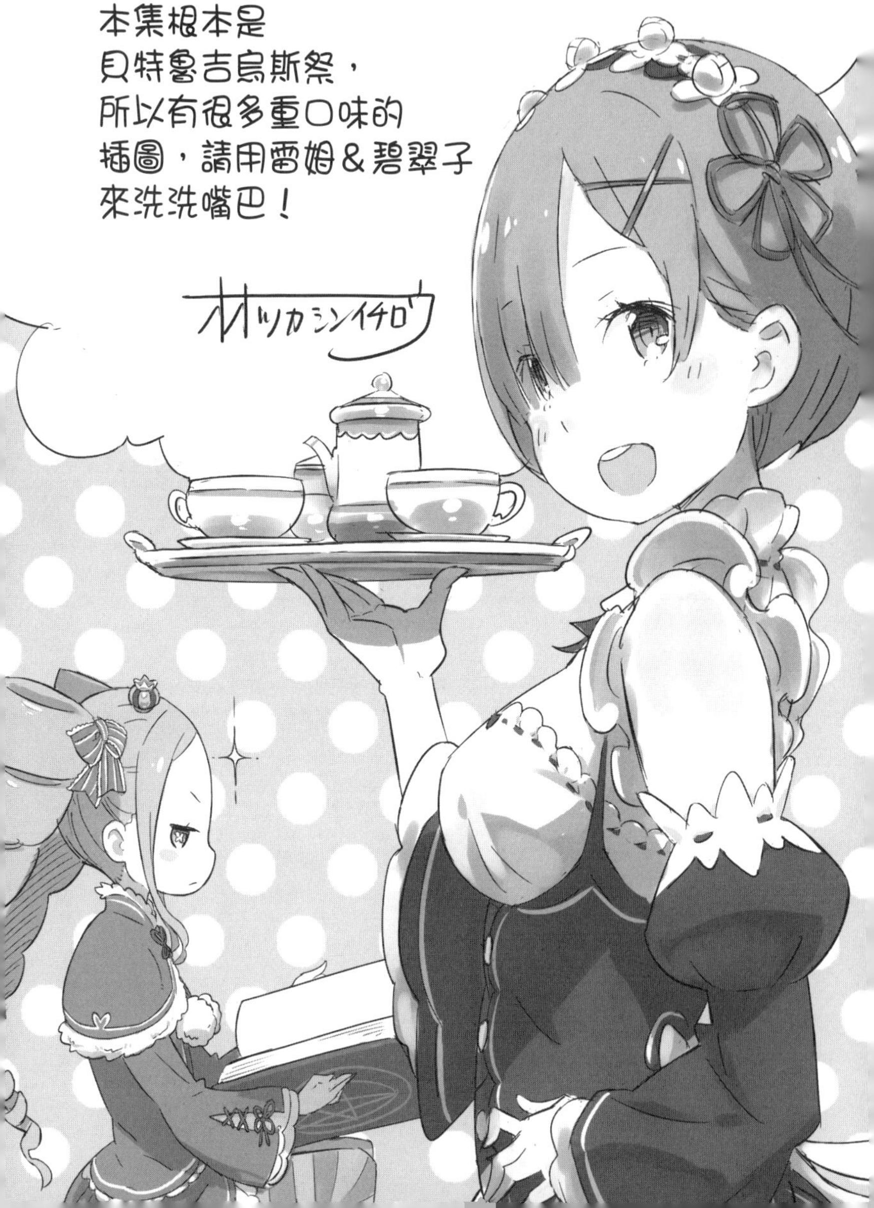
本集根本是
貝特魯吉烏斯祭，
所以有很多重口味的
插圖，請用雷姆＆碧翠子
來洗洗嘴巴！
オツカシンイチロウ

萊因哈魯特

「菲魯特大人，用不著那麼害臊。禮服很適合您。」

「沒人在擔心那個吧!?是說連羅姆爺都跟著花言巧語，根本就沒人站在我這邊嘛，我要同伴！」

「沒那回事。我就是菲魯特大人的同伴，專屬於您的騎士喔。」

「你根本就是只會嘴巴說說的騎士大人！好啦，快點結束我好換掉這身禮服。進入主題！」

「是，如您所願。在此宣布，首先２０１６年四月開始將會播放『Ｒｅ：從零開始的異世界生活』動畫。」

「嘿～動畫……真的假的!?那種事是寫在哪裡呀!?」

「本書的書腰，還有Ｒｅ：Ｚｅｒｏ官網上也有公開此情報。在動畫中昴的活躍不在話下，當然也會描述菲魯特大人和我的邂逅。」

「少用邂逅這種聽起來很特別的詞啦！那根本只是不小心碰到。我看看，然後……本書第８集發售的同時，在月刊ＣｏｍｉｃＡｌｉｖｅ連載的Ｒｅ：Ｚｅｒｏ第三章的第２集也跟著發行。」

菲魯特

「進入第三章第2集，就是菲魯特大人任命我為騎士的時候……」

「不要什麼都跟我扯上關係！你是想多惹人厭!?啊～總之，漫畫也會出！然後，下一本小說是在六月發售，是在動畫播放期間喔！」

「重新翻閱小說，看過動畫，然後享受漫畫……是個能夠深度浸淫在Re：Zero世界觀的機會。趁此機會，菲魯特大人也不要逃離書桌前，積極正面地面對書本和故事如何？」

「哈！別開玩笑了。本姑娘可沒閒暇停下來。畢竟人家要像這樣動來動去，這個故事才會完成吧。」

「菲魯特大人……」

「好，話就說到這。趕快換掉這衣服，我要去跟羅姆爺抱怨！」

「——明白了。下次我會準備更好活動的禮服。」

「聽人講話！我都說我討厭穿禮服了吧!!」

Re:從零開始的異世界生活 8

原書名：Re:ゼロから始める異世界生活 8

作者：長月達平
插畫：大塚真一郎
譯者：黃盈琪

2016年12月25日　初版一刷發行

發行人：黃詠雪
總編輯：洪宗賢　　副總編輯：王筱雲
責任編輯：黃小如　責任美編：李潔茹

國際版權：劉瀞月

出版者：青文出版社股份有限公司
住　址：10442台北市長安東路一段36號3樓
電　話：（02）2541-4234
傳　真：（02）2541-4080
網　址：www.ching-win.com.tw

法律顧問：敦維法律事務所 郭睦萱律師

製　版：嘉陽印刷事業有限公司
印　刷：立言彩色印刷有限公司

國家圖書館出版品預行編目資料

Re：從零開始的異世界生活 / 長月達平作；黃盈琪翻譯.
-- 初版. -- 臺北市：青文, 2016.04-
冊；　公分

譯自：Re：ゼロから始める異世界生活
ISBN 978-986-356-358-7(第6冊：平裝). --
ISBN 978-986-356-376-1(第7冊：平裝). --
ISBN 978-986-356-389-1(第8冊：平裝)

861.57　　105003289

親愛的讀者：

感謝您購買青文出版社的輕小說！為了提供更優質的服務，我們期待收到您的意見。煩請詳填本資料卡，傳真至02-2541-4080或彌封並貼妥郵票後擲入郵筒寄出，您將有機會獲 得青文『最新出版的輕小說』以及新書出版資訊喔！

姓名：＿＿＿＿＿＿＿＿＿＿ 性別：□ 男 □ 女

年齡：□ 18歲以下 □ 19～25歲 □ 26～35歲 □ 36歲以上

電話：＿＿＿＿＿＿＿＿＿＿ 手機：＿＿＿＿＿＿＿＿＿＿

地址：＿＿＿＿＿＿＿＿＿＿＿＿＿＿＿＿＿＿＿＿

E-mail：＿＿＿＿＿＿＿＿＿＿＿＿＿＿＿＿＿＿＿＿

職業：□ 學生 □ 公務員 □ 教育 □ 傳播 □ 出版 □ 服務 □ 軍警 □ 金融 □ 貿易
□ 設計 □ 科技 □ 自由 □ 其他 ＿＿＿＿＿＿＿＿＿＿

喜愛的書籍類型：（可複選）

□ 奇幻冒險 □ 犯罪推理 □ 電玩小說 □ 純愛系列 □ 動漫畫改編 □ 電影原著改編
□ 歷史 □ 科幻 □ BL □ GL □ 其他：＿＿＿＿＿＿＿＿＿＿

購買書名：＿＿＿＿＿＿＿＿＿＿＿＿＿＿＿＿＿＿＿＿

購自：□ 書店，在＿＿＿＿＿＿縣/市 □ 漫畫店，在＿＿＿＿＿＿縣/市
□ 青文網路書店 □ 網路 □ 劃撥 □ 其他：＿＿＿＿＿＿＿＿＿＿

從何處得知此輕小說？

□ 青文網路書店 □ 青文輕小說blog □ 網路 □ 店頭海報 □ 在書店看到 □ 書展/漫博會
□ 報章雜誌（報紙/雜誌名稱：＿＿＿＿＿＿＿＿＿＿）
□ 朋友推薦 □ 其他：＿＿＿＿＿＿＿＿＿＿

為何購買此書？（可複選）

□ 喜愛作者 □ 喜愛插畫家 □ 喜愛此系列書籍 □ 買過日文版 □ 看過內容簡介而產生興趣
□ 贈品活動 □ 朋友推薦 □ 其他：＿＿＿＿＿＿＿＿＿＿

對本書的意見：

封面設計：□ 優良 □ 普通 □ 不好　翻譯品質：□ 優良 □ 普通 □ 不好
小說內容：□ 優良 □ 普通 □ 不好　整體質感：□ 優良 □ 普通 □ 不好
內容編排：□ 優良 □ 普通 □ 不好

讀者服務信箱： mk@ching-win.com.tw
青文網路書店： http://www.ching-win.com.tw

3.5元郵票

10442
台北市長安東路一段36號3樓

青文出版社
CHING WIN PUBLISHING CO.,LTD

輕小說編輯部 收

意見或感想：

若有任何問題請至青文網路書店發問

青文網路書店：http://www.ching-win.com.tw

★請用膠帶黏貼後投入郵筒內（請勿用釘書機、膠水或將回函完全封死、黏死）